把全世界的溫暖都給你

——劉中薇短篇故事集

劉中薇

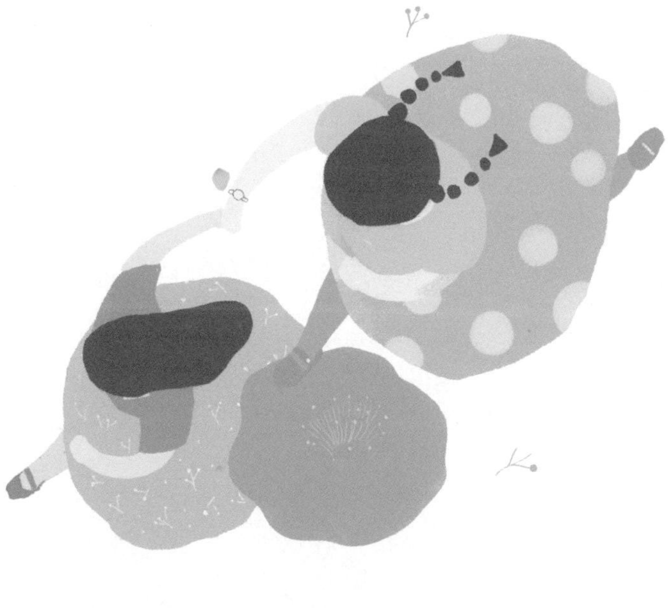

目次

【光】

幸福到底是不是掌握在自己手裡呢？
如果你問我，我會說，命靠天，福靠人，智慧靠修行啊！

【片】

讓每種生命的姿態都在該交會的時候交會，該相遇的時候相遇，或許對彼此都是一種美麗的生命學習。

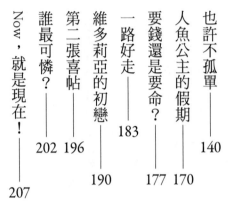

【羽】

寧、靜、致、遠，「遠」這個字最後一筆拉得好長，
遠遠地、遠遠地，彷彿指向虛空的世界。

自序・故事的吉、光、片、羽

即使過了這麼久，偶爾，我還是會想起那個畫面。

台北車站的廣場，夏夜晚風拂面，吹著她的秀髮蓬鬆飄逸。

女孩就站在我面前，男友緊緊握著她的手，不棄不離的模樣。

女孩略帶感傷卻平靜地對我訴說：媽媽在我高中的時候出家了，而且是趁我熟睡的時候不告而別。可是也許從更小以前，我就已經沒有媽媽……她出家以後，我去廟裡看她，她頭髮都剃光了，要我喊她師父。我其實很高興她做這樣的決定，我們都鬆了一口氣。……那天我跟她說再見，她忽然給我一個擁抱，跟我說，此生別再相見。妳相信嗎？這是從小到大她第一次擁抱我……她在我面前哭，哭了好久……很奇怪喲，她離開我之後，我反而感覺到，她愛我……。

這個女孩是我多年前工作上短暫交會的合作夥伴，我們其實早已斷了音訊。可是她用一個故事，留在我的生命裡。每回憶起那個夏夜，不知道為何，總覺得鼻子酸酸的，可是心卻暖暖的。

我回不去那個時空，回不去媽媽離開她的那個深夜，我無法給孤單的她一個擁抱，可是我知道，故事可以。

曾經聽過一則TED演講，講者是伊莉莎白・吉伯特，她提到一個故事。有位九十歲高齡的美國老詩人，寫了一輩子的詩，她生長在維吉尼亞的鄉間，每天都在大自然裡遊蕩，常常她可以強烈感覺到（甚至聽到），有一首詩從山水景色中來到她面前，她心跳加速，異常亢奮，她很清楚，當下她只能做一件事情，就是死命地奔跑，像是被詩追趕著那樣跑回家。

只見詩向她襲來，在幾乎快要錯過的瞬間，她伸出手把詩的尾巴拉下來，用極快的速度在書桌前把那首詩寫下來。

有時候她不夠快，來不及把詩寫下，於是，她就錯過這首詩了。於是，這首詩會在山間水裡尋找下一位詩人。

依照老詩人的說法，是「詩」來找她的。我聽到這個故事，感到十分訝異，在日常生活中，我似乎也是那個，被故事尋找的人。

常常，有些故事會來到我面前。以各種形式，可能是一句話、一首歌、一個畫面、一件陳年往事，我往往內心激動得不知如何是好。我總該做些什麼呀！不然就辜負了一次相遇。於是，我也死命地奔回我的書桌，努力想抓住故事的尾巴，寫下來。

有些故事長得很快，大部分很慢，故事都嘛一點一滴地長，好幾瞑才能大一吋，今天送來這一點，明天才給另一點。故事的吉、光、片、羽，像超商集點，沒辦法一次蒐集完畢。

每當我書寫的時候，我都在心底，深深祝福這個故事，謝謝它們給了我溫暖。

每次出書，都有一些地方格外糾結，書名是其中最大的苦惱。然而這一次，當我一口氣寫完〈那年冬季，我們的憂鬱〉，書名竟自己找上門來。

「每一陣微風都是一陣思念，是地球上某一個角落，有一個人，發動全宇宙對你祝福，想把全世界的溫暖都給你。

也許你知道。

也許你從來不知道……。」

《把全世界的溫暖都給你》這個書名冷不防躍入腦中。我全身起了一陣雞皮疙瘩。莫名地想要掉淚。啊，就是它了。

在這個世界上，所有的絕望都可以被拯救，只需要一種無論如何的相信。

相信這世界終有美好，漫漫人生，總有萬分之一秒，有個人傾盡全力，正在愛著你。
天地茫茫，總有一個角落，有個人正在思念你。
不管在不在同一個時空。
不管你知道不知道。
你曾經存在他的生命中，成為他的故事。
在我們生命中，也存在那些，成為你的故事，你不再打擾，可是卻萬分祝福的人。

如此一想，吹過你身邊的風，都是一聲溫暖的問候，一陣無聲的擁抱。

於是，這次封面的營造，設計師採用很特別的視角，用俯視的方式鳥瞰手牽手奔跑的人，像是不知名的關愛正溫柔凝視。天空飄落花朵是流動的祝福，全宇宙的美好都簇擁著你。一來一往的對話，是一種陪伴。

寫這篇序的時候，我仍舊過著半夜兩三四點會自動醒來寫作的生活。

（此刻凌晨五點。）

別問我幹嘛白天不做完，老天啊，事情真的做不完。

身為兩個孩子的媽，一個慣常拿筆，不習慣拿奶瓶的寫作者，我真的不用告訴你，日子是如何一團混戰，任何一個當了媽的女人，都會懂。（揮汗……。）

半夜起床的日子，說實在，有時候，我覺得挺苦的，尤其在寒冷的冬天，要從暖和的被窩爬起來，簡直痛不欲生。有時候渴睡欲死，可故事任性地扯著我，比我兒子還難纏，只好暫時就這樣度日吧！

我不是老詩人。

但如果可以，我會說故事到老。

謝謝你，聽我說故事。這本書，你就隨便翻吧！總有一個故事會找上你！

吉

一個又一個失眠
充斥在那年冬天。

失眠時候最大的安慰就是
擁有守護你失眠的人。

那年冬季，我們的憂鬱

天氣冷、日光少的時候，情緒容易低落，所以研究學者羅森塔把這種病命名為「季節性情緒失調」（Seasonal Affective Disorder，簡稱SAD）。通常開始於晚秋或初冬，而消失於夏季。它還有一個很文青調調的病名，叫做冬季憂鬱。

其實至今我都無法釐清，那年冬天到底是日光短少讓我們憂鬱，還是我們的憂鬱讓日月無光。

那年冬天，與其他的冬天並沒有什麼不同。
那年冬天，黑夜依然來得早，天光總是遲到。
那年冬天之所以擁有不可撼動的地位，是因為我相信，即使在許多年以後，當我想起種種時光碎片，都將帶著深深懷念的心情，滿懷感激地嘆道：啊，那年冬天……。

那年冬天，我租屋在外，屋子是一幢有百年歷史的老房子，在那四周圍繞著高樓大廈，彷彿時代逕自往前走去，獨留老房子被遺忘了，停滯在時光裡扭捏不安。斑駁掉漆的牆面，雜草叢生的庭院，漏水滴不停的廚房，還有會發出伊呀伊呀聲音的通往閣樓的樓梯。

隱身在木柵的大街後面，老房子充滿違和感，但心安理得地存在。

那年冬天，胖達、布萊恩、高洋、Book、我，前前後後入住老房子，因為一種奇異的磁場相吸，我們一見如故，比起室友，我們更像同袍。我們經常聚在一起聊天打屁吃飯，如果硬要深究那奇異的磁場是什麼，很不好意思地我必須承認，那磁場就是我們都處在不如意的狀態、生命的困惑期；流行一點的解釋，乃如經典日劇《長假》所說的，正處於人生的長長假期裡，我們，都有些，憂鬱。

胖達，正在考飛行員，很拉風的職業，可惜兩家航空公司都到最後一關就沒有下文。這是天堂與地獄的差別，進不去，他是窮光蛋；進去了，就是走路有風說話大聲的機師。

我們聚在一起的時候，常常聽胖達活靈活現地描述考試情形，他說，靠！飛行員考試真是畸形，你看過《火焰大挑戰》沒有？就是拿著電棒順著鐵圈的路徑走，碰到兩側就會嗶嗶叫。

真的假的！我們揚起不相信的聲音。

胖達拍桌，怒斥，我騙你們幹麼？他媽的「火焰大挑戰」還要考兩次，第一次睜開眼睛看著走；第二次，居然要閉著眼睛走，你他媽看過誰是閉著眼睛開飛機的嗎？

那一年，胖達的悶氣、火氣一直不小。

至於飛行員是不是真的需要考「火焰大挑戰」，我們半信半疑，可是誰也無法反駁，畢竟我們都不在考試現場。

但是高洋偷偷推斷，說，應該是胖達面相沒通過，航空公司不好意思表明。

傳言航空面試的最後一關，會請面相師在一旁觀察，帥不帥不重要，摔不摔很要命。眼露三白、耳骨突出、雙頰凹陷、印堂發黑，都非吉相。我狐疑，是嗎？

胖達除了胖，臉上橫肉發達，但也算是高頭大馬、相貌堂堂之人。若真要詬病，就是髒話多了點，但飛安與髒話，總沒關聯吧？

高洋敲了我的頭，說，妳就是傻，空氣都被弄髒弄濁了，還能安全嗎？

高洋，除了名字裡有個「高」之外，跟高沒什麼關係。他不住高雄，身高不高，國人男性平均身高一百七十一點六，他足足矮了十公分。不過他家人對他期望很高，律師世家，一定要他也考上律師。哀傷的是，金榜題名、「高」中狀元這件事，和他半毛錢關係也沒有。

高洋佔據老房子裡最大的房間，有大片玻璃落地窗，靠窗的地方附庸風雅地擺了一架鋼琴，他蒐藏的古典樂CD壯闊地排滿整面牆壁。落地窗、古典樂、鋼琴，這些配備撐得起上流公子哥的排場。

他臭屁、愛玩，律師考試累積了N次落榜經驗，不過他吹著口哨，說，之前我都沒有認真考，這次是真的認真了。

那年冬天，他痛下決心，辭去工作，準備專心考試。

高洋特嗜吃牛排，尤其鍾情Prime等級。我第一次看見啃牛排上癮的人，胖達說高洋肉慾旺盛，是因為禁慾過久，為了考試，他戒玩樂、禁美色，約會都是心靈交流。

但高洋確實也有些高於一般人的靈魂，他迷戀古典樂，他的房間常飄出各種悠揚的曲目，每每在公用廚房碰到，他會隨口報告一下此刻聽什麼，那些組合起來令我胃口全消的名稱，好比：拉赫曼尼諾夫〈第三號鋼琴協奏曲〉、蘇克〈降E大調弦樂小夜曲〉、西貝流士〈D小調小提琴協奏曲〉、布拉姆斯〈G小調第一號匈牙利舞曲〉……。

我搞不清楚奏鳴曲、小夜曲、協奏曲、圓舞曲有什麼不同，更別提那些什麼A小調、降E大調。不過胖達比我更慘，有天我聽見胖達很認真地問高洋，說，那跟ABCDE罩杯有沒有關係？

高洋嘲笑我沒文化、沒涵養，但是遇上胖達，高洋就哭了。我們簡直汙辱了他心中神聖的殿堂，該死。

因為談起古典樂可以滔滔不絕，文人雅士的高貴錯覺彌補了高洋身高上的遺憾，成為他的把妹神器。所以，即使經濟拮据，高洋會砸八千元去買「柏林愛樂」四重奏音樂會的票討女生歡心，然後吃一星期的泡麵。

他有一隻養了十多年的老母狗「大美女」（其實應該是老美女了），我常聽他對大美女告解，低頭懺悔說，爸比對不起妳，爸比又把要留給妳吃的東西吃掉了。

然後，這頭才懺悔完，隨即轉身恬不知恥地去偷Book的貓食來餵大美女。

Book，資管系，留級留到學弟妹相繼變成同學，Book依然屹立不搖。

據說，Book與交往九年的初戀女友莫佳佳都是好心人來著，他們是街坊鄰居，長大以後念同一所高中，考上同一所大學，他們一起從台南到台北來念書，一同擠在老房子漏雨綿綿的小房間。他們髮小同窗，相互扶持，不但如此，善心的他們收留許多流浪貓狗。

還記得我第一次來老房子看屋，就是Book為我開的門，門一開，院子裡衝出四、五條渾身是泡沫的狗，天真爛漫地跑來跑去，我毫無預警會看到這麼多狗，嚇得尖叫、四處閃躲。原來那天是狗兒們洗澡的日子，平常牠們被關在後院一片空曠的土地上。

我初識Book的時候，他正讀大學六年級，莫佳佳都畢業兩年了，Book還跟學弟學妹一起作報告。

聽說，莫佳佳是南部大地主的女兒，當初家人就不看好兩人交往。

聽說，莫佳佳能力很強，個性更強，一旦決定的事情很難改變。

聽說，莫佳佳步入職場兩年就成了頂尖業務，她不想再住在這個破爛的老房子裡。

當然，我也聽說了，莫佳佳剛與他分手沒多久。所謂的「剛」，不過就是我搬進來前一週的事情。

佳佳離開的時候，什麼都不要。她把所有共同的東西都留給Book，電風扇、暖爐、衣櫃、床墊、穿衣鏡、鍋碗瓢盆，甚至浴室的漱口杯。離別的話題是討論兩隻貓的扶養權，最後協議一人扶養一隻。至於那些狗，Book一肩扛下。

這場別離有多痛，我不知道。只是Book就此成了「沉思者」，我常看見他把手肘撐在膝上，手托著下巴和嘴唇，目光下視，鬱鬱寡歡地陷入深思冥想。那樣子就跟雕刻家羅丹的知名作品一樣，當年羅丹創作《地獄之門》的群雕，就以《沉思者》最醒目。

看著Book，我忍不住想著地獄之門的意義：

從我這裡走進苦惱之城，從我這裡走進罪惡之淵。

走進來吧！走進來吧！
把所有希望拋在腦後……。

我忍不住打了一個寒顫。

Book也不是每天都沉思，不沉思的時候他就叼根菸，頹坐在沙發上，一動也不動，眼神在很遙遠的地方。

有時，我會擔心，忍不住故意經過他面前，想要確定他的視覺沒有問題，他應該看得到我吧？「視而不見」是他很厲害的能力，電視上演盲人的那些演員，都沒有他傳神。

Book很環保，穿過的衣服掛在院子透風，吹走汗味，不用洗，明天再穿，省水。

擦過水漬的衛生紙攤平晾乾可以再用，省紙。

院子裡的落葉掃起來，集中燒一把可以驅蟲，省消毒水。

除此之外，他也很省字。

「Book，你吃飯了嗎？」

「吃了。」

「Book，我買了滷味，分你一點。」

「不用。」

「Book，今年會畢業嗎？」

「不知道。」

如果所有複雜的申論題都可以簡答，其實人生也挺乾脆的。

我欣賞Book的簡單，但是布萊恩可不這麼認為。

布萊恩掏出一根菸，白霧霧的煙吹到我臉上，說，有時候簡答是因為再也沒有力氣抗辯，知道說什麼也沒有用，乾脆不說了。被打趴了，認命了，這可不是開悟的「空」。

我歪著頭問，那不然呢？

布萊恩露出篤定的表情，說，那叫做「茫」。

喔。

不是「空」，是「茫」。

我想，布萊恩能夠感同身受，肯定是他也處在那種「茫」。
布萊恩，可以三餐都吃便利商店的國民便當，也可以只喝白開水度日，每天睡眠時間超過十五個小時，對任何事情都興趣缺缺，無慾無求，幾乎像個帶髮修行的僧人。
那年冬天，他中文究所畢業已經兩年，始終找不到穩定的工作（或是工作找不到他）。無論什麼時候敲他的房門，他幾乎都在家。來開門的時候都是一臉不知今夕是何夕的睡眼惺忪。我高度懷疑他將來的社會貢獻產值有多少。

據布萊恩表示，當初不知道中文系大學畢業到底能幹麼，為了避免一畢業就失業，所以他只有繼續念了中文研究所。後來中文研究所畢業了，能幹麼？他還是不知道。
我問，欸，不能從專業去找工作嗎？
他說，有什麼專業？我會說中文，妳也會啊。我會念詩，妳也會啊。

我又問，那……你研究所論文寫什麼啊？你研究過的東西，總是專業了吧？

布萊恩坦白而無奈地望著我，說：「戰國漢字構形研究。」

呃……。

我想起來了，布萊恩曾經出過一本書，叫做《漢字故事好有趣》，首刷一千本，還有庫存八百本。我住進老房子的時候，他曾經送過我一本，當時他用揶揄的語氣說，加減用，可以當枕頭、包便當。

我說，別這樣，你好歹是個文壇新星，未來肯定閃閃發光。

我是真心想安慰他，卻換來他惡瞪我一眼，我只有閉嘴。

我呢，是一邊上班、一邊念書、一邊失戀、一邊療傷的傳播所研究生，我的論文坐困愁城，我那慈愛又嚴格的老師總是讓我在每次Meeting前失眠整晚，Meeting後淚流一夜，單單是論文的問題意識，我們足足討論一整年。

每次會面，我都得先幫老師遛狗，那隻公狗狗毛脫落得坑坑巴巴，一個上午牠可以撒尿八次，下半身顫抖不已，有苦難言。老師說牠年邁、體衰，得了睪丸癌，不復年輕的瀟灑帥氣。

睪丸癌？我無限同情牠，不過那老狗每次看我的眼神，都帶著憐憫，似乎我的處境比牠更慘。

我剛分手的前男友是獸醫，班對四年，他劈腿三年半，這沒有證明他的魅力，只證明我沒有腦力。

那年冬天，我們分手已經滿十八個月。人家說愛一個人多久，就要用多久時間遺忘，一想到我還要三十個月才能忘記他，那哀傷的感覺比被背叛更難過。多希望我是一條魚，聽說魚的記憶力只有七秒鐘，所以每隔七秒就是全新的世界。

偏偏我不是魚。

但是幸好我不是大象，聽說大象的記憶可以保存六十年以上。

我安慰自己，我只要默默度過剩下三十個月，我就新生了。

人生還是充滿希望的。

當然，這是指他不再來撩撥我的狀態下。

偏偏有天，我不幸在校園巧遇他，更不幸的是我正在遛狗，他遠遠看到我，先是一愣，隨即展開迷人笑容，我一瞬間產生幻想，以為他來挽回我，正預備端個架子，讓他知道我可是不吃回頭草的，沒想到我還來不及開口，他笑臉盈盈，搶先遞給我一張剛印好的名片，說：「我開業了，妳知道我一直想開業的。今天來你們學校寵物社演講，順便拓展業務。」

接著，他露出充滿關懷與歉意的表情看著我，這表情不陌生，分手那幾天，他就是用這種表情希望開釋他的罪。

他嘆口氣，說：「其實我常擔心妳的，妳別老是這麼逞強……。」

我冷冷望了他一眼，我很想昂首展現自信與堅毅的姿態，但是穿著寬鬆運動褲、牽著脫毛委靡的老狗，頭髮還用鯊魚夾亂夾一通，這樣的我說服力薄弱，我有些惱。為什麼是如此不堪的相遇？

然後，我低頭看見老師的狗開始用後腿挖土，別，別在這個時候撒尿……。

但，牠撒尿了。

用牠慣常詭異的姿勢，邊尿，邊顫抖，哮喘的聲音像在發笑……。他瞅了瞅正在撒尿的老狗，自以為很有誠意地說：「我沒辦法給妳未來，但是我可以給牠一個人工睪丸。」

我當下噴出笑聲，然後一路笑到眼淚流出來。四周學生來來去去，偷覷著我們，他有點慌，好像被人抓到把柄那樣尷尬，趕忙說：「妳這樣笑，我不知道怎麼跟妳說……。我先走啊，再聊、再聊啊！」

四年的青春換來一個人工睪丸，我對著老師的公狗罵髒話，顧不得形象，顧不得我在學術味濃厚的圖書館門口，他媽的老天爺到底在搞什麼啊？到底在搞什麼啊？一邊罵，眼淚一邊不爭氣地流下。

突然有人拍了我的肩，一回頭，是老師來了，她看見我泣不成聲的模樣，顯然被嚇到，那陣子才有位研究生精神異常、喃喃自語地在圖書館舉白布條裸奔抗議。老師帶著忐忑與同情安慰我：「論文壓力太大了喲，今天早點休息，問題意識我們下次再聊、再聊！」

再聊、再聊，這兩個字什麼時候變成無話可說的臺階？再聊，其實就是現在我們沒什麼好聊。

那年冬天，我們五個人不約而同跟命運沒什麼好聊，我們覺得格外地冷，冷到豔陽下都會打寒顫，我們靠得緊緊，相偎取暖，彼此扶持不被凍死。

人家都說胖子多半懶，但胖達可不懶。

為了活在一個隨時可能去航空公司上班的希望假象中，胖達對維持體能十分堅持。於是，每天晚上十點整，胖達準時召集大家夜間運動。

通常由大美女領軍，一行人浩浩蕩蕩出發。

大美女雖是老母狗一條，但是牠特愛仰起頭，用圓潤的身形、肥短的腿打前鋒，像個趾高氣揚的啦啦隊隊長。

我們在河堤入口做暖身操，然後他們四個環肥燕瘦的男人開始慢跑。
我騎著我的腳踏車，在他們身邊繞來繞去。
大夥兒最後到河濱公園集合，他們開始打籃球，我則繼續騎，朝動物園的方向前行。

夜晚的河堤杳無人煙，只有我一輛腳踏車，孤孤單單地在月光下獨行。前方的路幽暗空曠，我難免會害怕，此時回頭望望他們的身影，看見他們還在籃球場，偶爾傳來幾陣嘻笑聲，我就覺得安心。彷彿這世界上有人陪著我在黑暗裡前進，回頭喊著：
有人在嗎？
在呢！

這樣，就可以找回一點勇氣。

往往我一口氣疾速直逼動物園，並且猜測，長頸鹿睡覺的時候脖子該放哪裡？

無尾熊睡在樹上不會掉下來嗎？

又或者，動物說不定在月色下開派對，白天的慵懶只是儲備夜晚狂歡的體力呢。

停留在動物園門口冥想，迴旋，然後我折返，放慢速度悠悠蕩蕩，一路上月光輕柔灑在我身上，微涼晚風迎面襲來，蜿蜒河面燈火輝煌，波光粼粼，我在風中馳騁，輕盈地飛躍起來。

有時候我騎著騎著，忍不住就哼起歌來，自在無比。

有時候我十分悲傷，悲傷到幾乎可以聽見，一片枯葉飄落時的嘆息。

大多數時候我感覺自己與這花這樹這草地這道路合為一體，我在天地的懷抱裡，在微風的輕撫下，何其舒適與溫暖。

然後我和他們再度會合，輕鬆地踏上歸途，心中的鬱悶似乎隨汗水蒸發了，運動治癒憂鬱，實踐起來頗有那麼回事。

夜間運動的行程，終點站是薑母鴨店。
深夜薑母鴨我們開了一鍋，每次加湯，老闆就會附送高麗菜跟豆皮，恬不知恥的我們，剪刀石頭布，輸了就去叫老闆。照例，胖達會先點一手啤酒開喝。啤酒只是開水，一手哪能夠，二手、三手、四手……。我只有不斷揮手，不要再來一手。

那年冬天充斥著啤酒，還有失眠。

都說人生不如意的事十之八九，雖然勵志書籍諄諄教誨我們要常想一二，偏偏我的腦袋從一想到八九，就忘了一二。
所以，失眠，一個又一個失眠充斥在那年冬天。
失眠時候最大的安慰就是擁有守護你失眠的人。
我的失眠守護者就是胖達、布萊恩、高洋、BooK。

有個寒流來襲的晚上，我裹著棉被窩在電腦前寫論文，冷颼颼的空氣，腦袋凍僵，沒法專心，螢幕在論文檔案跟他的部落格間來來去去，一不小心瞄到他跟她出遊的親密照，我眉頭緊緊鎖著，再化不開，恨不得當場凍成冰棒，無色無味無慾無痛。

我討厭自己的手為什麼老是滑到他的頁面，偷覷他的一言一行，我承認我私心希望能看到蛛絲馬跡，證明他沒有我過得並不好、他悔不當初、他心焦如焚、他輾轉難眠希望回到過去。

偏偏事與願違，我看到的他，快樂似神仙。

而他們，是神仙眷侶。

他闊步走在每一個充滿希望的明天，而我在每一個失眠的夜裡絕望。

半夜兩點我像遊魂一般走出房間，竟看到Book一動不動，坐在客廳沉思。

「你睡不著啊？」我問。

「嗯。」

「幹麼呢？」

「喏。」

Book努努嘴，示意客廳門邊的一大紙箱，我上前翻看，箱子是從台南寄來的，寄件人是莫佳佳，裡面有一臺隨身錄音機，還有一整箱錄音卡帶，卡帶上面標著日期，依序編年排列整齊。

我好奇邊翻邊問：「這啥？」

Book沒回答。

「我可以聽嗎？」

Book搖頭。

此時，胖達的聲音從我身後傳來：「那是睡前故事。」

我腦袋一轉，大概懂了，怯生生地問：「該不會是……。」

「就是。癡情的呢！」胖達在我耳邊低聲說：「莫佳佳有嚴重失眠問題，所以Book每天晚上說故事哄她睡覺，後來乾脆錄成錄音帶。……是錄音帶喔！」胖達特別強調「錄音帶」三個字。

一種古老、樸實、純情，充滿年代感的真情。

我帶著佩服的目光偷覷著Book，省話一哥竟然可以為一個女人錄了九年的睡前故事。是不是因為一生的話語量在那九年都傾盡了，所以Book現在才掏不出一句話？

我扯扯胖達的衣角，小聲地問：「那現在莫佳佳把這些卡帶都寄回來，什麼意思啊？」

胖達沒好氣地睨著我：「你的故事裡，不再有我。……懂了？」

「懂了。」我噤聲，不敢再問。

「你們三更半夜不睡覺在幹麼？」布萊恩開門出來。

「睡不著啊。你呢？」我問。

「一樣啊。」

「你一整晚在房間幹麼？」胖達問他。今晚布萊恩沒參與我們的夜間運動。

「投履歷啊，已經投了快三百封吧！沒人理我。中文研究所畢業，到底能幹麼啊？」他叼起一根菸，皺眉，一臉受氣包的樣子，我發現他的白髮遠遠超越他這年紀該有的數量。

此時，高洋把房門一開，喊著：「我開了一瓶紅酒，都進來吧！」

我們或坐或倒，歪在高洋房間，房間流蕩著歌劇《杜蘭朵》的音樂，氣勢磅礡。個個慘敗的我們，在高貴的音樂中，增添一絲悲壯的氣氛。低溫特報，不知道是不是這晚的天氣太冷了，紅酒、白酒、清酒、五十八度高粱相繼出動，很快地每個人的臉漲紅起來，我醉醺醺的眼快看不清他們的臉孔。

胖達忽然往桌上一趴，大哭起來：「她飛走了……嗚……。」胖達滿臉橫肉抖動，鼻涕不受控制，平日的粗莽消失了，愈哭愈凶，一個彪形大漢，哭得像個無助的孩子。

我才知道，原來胖達有一個心愛的女人，是空姐，叫做宋妮，年紀比他小五歲。

宋妮大四的時候，胖達剛從美國念完書海歸，在留學中心做事。

宋妮也打算出國念書，來中心諮詢，胖達一眼就被纖細娟秀的宋妮吸引，大剌剌的他，一開口竟結巴。

他們從來沒有在一起。

胖達把她放在一個不是戀人也不是朋友的位置，是女神。

供著。

護著。

疼著。

胖達用過來人的經驗為宋妮查資料、找學校，陪她念托福，溫書之餘帶著她逛街喝咖啡，時不時開導著她。在我們面前開黃腔、飆髒話的他，在宋妮女神面前溫文儒雅得像紳士。

宋妮是他一生溫柔的夢，是他粗石土礫中嬌然冒出的粉嫩小花。

在為宋妮準備留學的同時，胖達甚至自己準備好了要去美國陪讀。

誰知道宋妮托福沒考好，沒申請到好學校，卻偏偏考上空姐，從此開始遊歷世界。

而胖達換到留學出版社工作，成為領死薪水的上班族，每天疲於奔命滿足老闆的要求，要企劃書籍、要招生、要辦留學博覽會。薪水不高，但肝指數飆高。

雖然忙成團團轉的陀螺，胖達的心永遠以宋妮為圓心。

每回宋妮要出班飛行，胖達總是想盡辦法抽出時間送她去機場。

宋妮嬌柔笑著，答應讓胖達送她去機場，可宋妮從來不准胖達去機場接她。

她不喜歡被等待，知道有一個人等著，會讓她行色匆匆，工作失神，心生掛念。

「等待這件事情，其實不是等的人難受，是被等的人傷神。」宋妮用甜膩的聲音這樣說，有點撒嬌，有點知性，有點讓人無法反駁。

總之，宋妮說什麼，胖達都說好。

從宋妮當上空姐開始，胖達活在台北，可是心在全世界。

他的手機隨時標示兩個時間。

一個是台北，一個則隨著宋妮前往的國度而調整。

如果宋妮在日夜顛倒的國度，胖達那幾日就會過著晨昏顛倒的生活。

就這樣整整過了兩年。

有一天，胖達照例在機場送行，宋妮彎腰，拉起行李箱。那盤起的髮髻、清婉的身形，乾淨纖白如一朵高雅的百合，也像一個不著邊際的夢。

胖達忽然一陣酸楚，喊住她，宋妮。

嗯？宋妮抬起頭。

胖達無法再如往常一樣說些不著調的話，他凝望著宋妮，一句話哽在喉頭，半晌開口，說，不要再飛了……好不好？

宋妮歪著頭，清澈大眼，問，為什麼？

胖達說，我想妳待在我身邊。

宋妮沒說話。

胖達有些忐忑，怕惹她生氣，吞吞吐吐又說，我……我想待在妳身邊啊。

宋妮依然，沒說話，但是眼神漸漸透著歉意。

胖達心中一冷，擠出一個幾乎要哭的笑容，說，我喜歡妳……很久了。

宋妮眉頭輕蹙，她只能做他的女神，從沒想過做他的女人。

宋妮有些心慌，咬咬唇，一個字都說不出，眼眶紅了一圈。

胖達見她這樣，心疼，隨即打哈哈，笑著，掩飾著，沒關係啊，欸，妳不要哭啊，沒事啦！我喜歡妳，也喜歡安潔莉娜・裘莉，哈哈，哈哈。喜歡就喜歡嘛！如果妳想愛我一下，可以喔，不愛也沒關係啦。沒有要怎樣啦！哈哈。哈哈。

那一大串胡言亂語中，其實卑微地傳達了一個訊息：愛我，好嗎？

宋妮盈著眼眶的淚，帶著歉然、憐憫地望著胖達，伸手為胖達理了理領子，輕聲道：我走了。

胖達就在機場，目送宋妮拉著行李箱離開。

輕巧的腳步，一步、一步。

胖達站在原地，凝成雕像，一直望，一直望，直到再也看不見那纖美的背影。

胖達落寞地低下頭，全世界一瞬間崩裂。

高頭大馬的他，此刻渺小得如草芥、如螻蟻，九十公斤的體重也渺如一縷輕煙。

萬念俱灰的時候，手機傳來簡訊聲，一看，是宋妮。
胖達燃起希望，點開簡訊的手在發抖，嘴角隱隱牽動，一線生機，一道曙光。

躍入眼簾的是：
「不是你喜歡我，我就能愛你。對不起。」

這下，胖達被打入萬丈深淵，再爬不起來。

是的。
不是爬了山就能攻頂。
不是會游泳就能渡海。
不是朝著北極星走，就能觸到星光。
不是你喜歡我，我就能愛你。

因為不愛，胖達只能一次一次在機場目送宋妮，看著她一次一次飛離他身邊，一次一次飛出他視線。

宋妮，送妳。

除了送妳，只剩送妳。

有些人終將揮手，卻無從告別。

那趟飛行是飛夏威夷。

胖達槁木死灰、行屍走肉度日。

他望著手機上夏威夷的時間，分分秒秒都是煎熬。

宋妮回來那一天，城市下起滂沱大雨，雨勢驚人，像是要把整個冬季的雨一次傾盡。

胖達擔心宋妮，於是，那天，胖達沒有遵守約定，他決定到機場去接機。

他沒有告知宋妮，他知道她不喜歡被等待，他不想她知道他早已地老天荒。

班機抵達時間是晚上十一點。

胖達趁著百貨公司關門前，特地繞去選了一把做工精緻的雨傘，傘面上布滿春天花朵盛開的圖樣。只有這樣細緻優雅的傘，才配得上宋妮清甜的氣質。

懷著興奮的心情一路往機場開去，剛停好車，胖達才恍然發現自己的傘竟掉在百貨公司專櫃，而他捨不得開啟那把宋妮專屬的傘，於是，從停車場到航站的一段路，他沒撐傘，一路在大雨中狂奔，像是把整個世界都拋在腦後，奔赴一個美好的希望。姿態何其狼狽，又何其幸福。

一進機場，冷氣強撲而上，胖達瑟瑟發抖地站在大廳等待。那畫面有點可笑，一個虎背熊腰的大男人，身上滴滴答答滴著水，手中握著小花傘，明明凍得半死，卻仍引頸渴盼，痴心張望。

入境口的玻璃門一開一闔，胖達的心跟著一舒一緊。

小花傘被捏得有些變形。

終於，期待的身影出現。
但是她的身邊伴隨一個意料之外的人，那完全不在胖達的期待中。

宋妮跟機師有說有笑走出來，笑容甜蜜燦爛。
宋妮看到胖達，一愣。
胖達看到宋妮，一冷。

機師男友挺拔的長風衣，和宋妮嫻淑柔美的套裝好般配。
連行李箱擱在一起都顯得郎才女貌。

胖達卻是皺巴巴的衣服，頭髮給冷氣吹得半濕不乾地黏在頭皮上，腳上鞋面沾著水漬汙泥。

胖達把雨傘拿給宋妮，手不自覺地發抖，再度擠出一個幾乎要哭的笑容，說：別淋濕了。

就這樣給她唯一一把雨傘，讓她離他愈來愈遠。
讓她離開他的時候，仍享有他如常的保護。

世界是這樣不公平。
有些人你已經把他活成你的全世界，可是你從來都在他的世界之外。

高洋聽到這蕩氣迴腸、慘不忍睹的劇情，嘆氣形容：好像被人海扁一頓，還不准喊疼。

就從胖達進一步告白以後，宋妮與胖達之間的關係變得很彆扭。
過多的聯絡似乎是一種打擾。
慣性地站在一個位置，偶爾前進一步就成了冒犯。

同時就在那一天，胖達決定擺脫上班族的生活，準備考機師，他耗盡所有存款赴澳洲的飛行學校學習飛行，耗時二十個月。

是不是我們生命中都會出現一個人，讓我們拚了命想證明自己可以更好，值得那個人回頭再看一眼。

可真相是，那個人只看你一眼，隨即仍牽著另一個人走遠。

而我們，努力想證明自己輸得沒有那麼慘，可是卻在驗證過程中，發現一旦開始想證明，就已經輸得連自己都不認識。

胖達從澳洲回來，一家一家航空公司應考，哪裡知道，胖達還沒變成機師，宋妮捎來喜帖。

婚禮在前幾天舉行。胖達沒有出席。

難怪那幾天他的夜間慢跑，充滿暴戾之氣，像發洩。

胖達不但沒出席，事實上，從收到喜帖開始，胖達已經決定在宋妮的人生裡永遠缺席。

宋妮給他打過電話。傳過簡訊。寫過E-mail。

宋妮為他在喜宴上留了特別的位子。

胖達不接電話。不回簡訊。刪掉E-mail。

人間蒸發。

宋妮莫可奈何。

因為胖達，我恍然明白，一個絕然不再聯絡的人，可能是世界上最掛念你的人。

我說，胖達，你何必這樣？做不成情人可以做朋友啊。

他說，做什麼朋友，我不要做朋友，我……我我……。

胖達倒抽一口氣，臉一垮，又哭了。

他抽抽噎噎地說，我……不知道怎麼跟她做朋友。

布萊恩拍拍他，說，其實你們一直都是朋友啊，只是你對她有超越朋友的想像。

高洋說，你當時就應該把那個機師海扁一頓，直接拉走宋妮，女人就吃這一套！

胖達哭得更慘了，說，拉過來又怎麼樣？我們站在一起，就是美女與野獸，如果我是她，我也不會愛上我啊！

其實，胖達的自信，沒有他的身材那麼雄壯如山。

很多年以後，一部偶像劇紅遍寶島，《我可能不會愛你》。

每個女人都希望身邊有個「好朋友」，像李大仁。

諷刺的是，現實生活中的李大仁都不像陳柏霖有帥氣的外型、深情的眼眸。

所以，女人身邊的李大仁，無法共度白首。

女主角依然有她生命中的男主角。

李大仁終究還是李大仁。

胖達拿起酒，灌著，猛力喝著。

我同情地望著他。
胖達從沒跟我們提起這段過去。
他說話總是最大聲、最衝，瞪大眼睛的樣子很凶狠，他比電影裡的黑道大哥更像黑道，沒想到講起心愛的女人嫁別人，他會哭得像個迷路的小孩，鼻涕眼淚抹不去。
我推推他，問，那現在宋妮都嫁人了，你還考機師幹麼呢？別考了！折騰死了！
胖達繼續哭著、喝著，沒理睬我。
我想，也許，胖達想去看看宋妮看過的那片天空。
那些藍天、那些雲海，那些他來不及參與的翱翔，那些沒有他的雙宿雙飛。
但僅僅是這樣，他都被阻擋在外，老天爺說，那是女神，你連遠觀的資格都沒有。
胖達哭花一整臉，還逞強說，我真的只要她幸福。

狗屁，你明明希望你就是她的幸福。布萊恩重重放下威士忌酒杯，大聲斥著。

高洋為了安慰胖達，下了結論，女人啊，沒一個靠譜。認真就輸了。

高洋喜歡的女人只有兩個條件：辣、妹。

就是，要辣，也要是個妹。

胸圍不得小於D，年齡不能大於二十五。

我抗議，女人哪不靠譜了？我靠譜啊！我陪他度過外公過世、奶奶中風、爸爸車禍，可是我在醫院幫忙他爸換藥的時候，他帶別人看電影……。

一股悲憤湧上心頭，我委屈極了，眼淚啪嗒啪嗒落下。

我不氣他，我氣我自己比豬笨。

布萊恩安慰我，別這樣，妳這種適合娶回家，不適合玩一下。

高洋也來幫腔，對啦對啦！妳胸部沒有D，又已經二十六，沒什麼好玩的。

我狠狠瞪著高洋，雖然我知道這是一種高洋的幽默。

沉思者Book憐憫地望著我，一言不發，只是拿起酒杯，用五十八度的高粱，敬我。

我想，那是因為，在愛情中，我與Book，可能都扮演同一種角色，有點純，或說，蠢。

他敬我，我們的，同病相憐。

那個晚上，那個逼近零度的寒流夜。

所有人哭得一塌糊塗。高洋不知道是有意還是無意，讓CD一直重複在〈公主徹夜未眠〉這首曲目上。

誰也不許睡，誰也不許睡，因為我心中有不可告人的祕密……。

那義大利的歌詞是這樣唱的。

沒有人知道我的名字，我只能貼著妳的唇說出我的名字……。
天亮之前，殺機重重，我們在愛情裡一槍斃命，哀鴻遍野。

公主徹夜未眠。
很久以前看過一部西班牙電影，男主角在一次跳海活動傷及頸椎，全身癱瘓，只剩眼睛跟心靈。三十年臥病的生活，除了呼吸，他什麼也不能做。電影中，伴隨著〈公主徹夜未眠〉的歌曲，他神遊世界，觀眾看著他跳窗而出，越過山林、草原，最後抵達愛人身邊，與她牽手漫步沙灘。

那是一場愛情的想像。
也許我們都活在一場愛情的想像裡。自以為是地愛著，幻滅的那一刻才發現，其實所謂的愛情早已臥病在床，奄奄一息。

低迷的日子持續一陣子，後來在連日冬雨的阻擾下，我們中斷了夜間運動。
接著，冬天過去了，陰霾漸漸散去，天氣漸漸暖和起來。

胖達決定放棄等待飛行員的工作，轉進直昇機公司擔任行政職。布萊恩一改閒散的態度，有個學長找他寫電視劇本，他開始埋首創作。高洋痛下決心、閉關念書，靜待司法官考試來臨。我的論文出爐了，口試前一天大家陪我失眠到兩點。Book終於以大六之姿畢業，理光頭髮去當大頭兵，他的房間最早空了下來，公司坐我隔壁的同事正好在找租屋，我就順便介紹她接手Book的房間。

我知道長假再長終究有收假的一天，單飛的日子到了，我們都將放開手，讓彼此飛翔。

研究所畢業後，我收拾衣物，準備搬離。離開那天，回頭望著破舊的老房子，心中無限感慨。院子裡的綠草如茵，桃紅色的九重葛從閣樓垂下，煞是好看。我的心情舒爽，看著亮燦的陽光，幸好只是冬季憂鬱，不是四季憂鬱。邁開步伐，我往春天走去，一片輝煌。

後來我們各自在人生裡忙碌，沒太緊密的聯繫。
我轉進網路媒體做事，負責新聞採編。

那年冬季之後，又過了好幾個冬季。

直到第十個冬季……。

有一天我處理一則新聞，一位紅遍大陸的作者，每場演講都擠爆禮堂，簽書會現場，動輒可以賣掉上千本書，名列暢銷書作家富豪榜。
那戴著書生眼鏡的作者，我仔細一看，不就是布萊恩嗎？

喔，所以我開始聯繫那年冬季憂鬱的我們。

那個冬季以後，布萊恩雖然開始跟著學長寫劇本，但常拿不到錢，學長介紹的幾個案子，有些寫了沒拍，有些拍了沒播，有些都播了還沒拿到錢，更別提胎死腹中不勝枚舉的案子。

最絕望的是，有次學長十萬火急哀求他幫忙寫個戲劇企劃案「千歲旅程」，要跟政府申請拍攝補助，一星期的時間布萊恩昏天暗地編出五集劇本，讓學長趕在截止前遞案。

「千歲旅程」一舉拿下最高的補助金額，事後學長過河拆橋，寄給他一張切結書，私自吞下案子，另外找便宜的寫手撰寫。

至此，布萊恩在編劇路上傷痕累累，看盡人性醜態，心灰意冷，再度憂鬱。沒想到，就在這時候，十多年前出版那本冷門書《漢字故事好有趣》，被出版社經紀到青島，當年首刷一千本都賣不完，在青島出版後，竟然大江南北大賣了五十萬冊，成為教育界、學校、家長的必讀書。出版社一口氣跟他簽下十本書的經紀約，從此一年兩本書，不過三年光景，他躍升為暢銷作家、文字教育界專家。青島、上海、台北都置產。

中文系畢業到底能做什麼？我想他心裡已經有了答案。

胖達，沉穩內斂許多，還在航空業，從行政職變成業務，專行航空材料的貿易。沒有結婚，但是有一個家。

家裡有心愛的女人，跟女人的一個小女兒。胖達做了現成的老爸。

至於宋妮，胖達始終沒有與她聯絡。

不過，有一次在出差摩洛哥的班機上，胖達巧遇宋妮。

她還是一樣清麗，歲月增添了她的韻味，卻沒給她滄桑。

宋妮望著胖達，有種恍如隔世的感覺，竟忘了她是空服員，而胖達是班機上的乘客。

整個時空都靜止，喧囂的世界沉靜下來。

胖達擠出一個久違的笑容，禮貌問，這些年……好嗎？

這些年……好嗎？

怎麼說呢？

從胖達不與她聯絡開始，她以為他早就不關心她好或不好。

而她曾經也以為，她可以不在乎他的關心。

直到他消失了，她才發現，胖達早在她心裡佔有獨特的位子。

那個位子，不是情人，但也不是朋友，也可能沒有任何一個世俗的稱謂可以明確指認，但是，那個位子，就是他的。

即使她的後來，嫁了那麼體面愛她的丈夫，「那個位子」仍舊只屬於胖達。

就像喜宴上，她為他留的特別位，她偏執地不讓任何人坐。

那個空位，在歡天喜地熱鬧滾滾的喜宴中，安安靜靜地度過一場憂傷。

這些年，好嗎？

宋妮淡淡地說，還行，只是生不出孩子。大概是飛行的生活作息混亂，身體差吧。

胖達其實還想問：

他對妳好嗎？

有沒有護著、疼著？

但是他沒有問出口。

兩人寒暄了幾句，像生命中不太熟的兩個朋友，好似那些年的疼愛不曾存在。也可能那些疼愛一直存在，可是胖達必須用這樣疏遠的語氣才能不撩起塵封的過去。

飛機翱翔在天空裡。

胖達露出欣慰的笑容，總算有這麼一次，他與宋妮飛翔在同一片天空，他與她欣賞同一片雲海，見證一次亮麗的日出。

雖然，那陽光有些刺眼，幾乎弄淚了他的眼。

目的地到了，胖達走出機艙，宋妮如同其他專業的空姐那樣，站在門口跟乘客道別。

這似乎是第一次，宋妮目送胖達的背影。

每個背影，都擁有一聲再見。
但是有些背影，不會再見。

胖達不敢回頭，僵硬地逕自往前走，他似乎可以感覺他身後的目光。
他不知道要怎麼行走，才能留下一個瀟灑的背影。
在他們的故事中，他從來不曾瀟灑。
他多麼想留下一點令人難忘的什麼。
卻發現僅僅是這個念頭，他就已經瀟灑不起來。

胖達沒有回頭，所以他沒有看見，宋妮在他身後，眼淚止不住地流下，弄糊了她端莊的妝容。

是的，
她從來沒有愛上他。
但是，
她也從來沒有忘記他。

也許這就是他們之間最美的結局。

我與高洋相約吃晚飯，以為他會訂一家高檔牛排館。

等我依著地址抵達，我不免露出狐疑的眼神，是我抄錯地址嗎？蔬食餐廳？

肉慾旺盛的高洋怎麼可能放棄牛排呢？

我拿出手機，正想要撥電話跟他確認，有個人拍了拍我的肩膀。

一回頭，對上高洋的笑容。

高洋清瘦許多，西裝掛在他身上，顯得有些空蕩。

我納悶，問，你什麼時候這麼養生？

他說，我不是養生，我吃素。

噢！我下巴快掉下來了。

果然，這個世界沒有什麼事情是不可能的。

坐在高檔的蔬食餐廳，高洋娓娓道來。

在那年冬季過後，高洋並沒有考上律師。他說，考試路，像一條不歸路，如果要當律師，就沒有別的路可選，排除萬難都得考上。雖然屢戰屢敗，也只能屢敗屢戰。這一路上，徬徨、恐懼，伴隨年華老去，沒有一刻好受。

那年冬季的憂鬱，其實又持續到春季憂鬱、夏季憂鬱、秋季憂鬱……一年四季都憂鬱。

他在地方法院一邊當法官助理，一邊繼續準備考試，直到今年，我們分離的第十個冬季，終於考上。

這第十個冬季，總算不再憂鬱。

放榜沒多久，家族的律師樓已經幫他接到案子。而他終於可以迎娶這些年陪著他一次又一次落榜，並且包容他隔三岔五就想跟路邊野花約會的女人。

那女人，A罩杯，三十二歲。
不辣，也不是妹。

晚餐快吃完了，我問他，對了，你什麼時候開始吃素的？
他鬱鬱地說，從大美女失蹤開始。
我訝異，大美女失蹤了？
他回，嗯。

大美女在三年前失蹤，以狗齡十九歲換算，大美女是九十多歲高壽。大約是老人痴呆，高洋去法國旅行將牠寄放在當時約會的辣妹那裡，辣妹要出門逛街，一開門，大美女跑出去，在陌生的街道亂竄，一下子沒了蹤影，辣妹穿著高跟鞋氣急敗壞找著，就是找不到。

等高洋從法國回來，大美女已經失蹤一星期。

他印了厚厚一疊尋狗啟事，大街小巷去張貼。辣妹很抱歉，說，我買隻狗賠給你吧！

高洋拒絕，不是賭氣，而是他再沒有力氣花十九年去愛另一條狗。

高洋說，大美女年紀大、一隻腿已經瘸了，眼睛白內障，髮蒼蒼、視茫茫，他實在無法想像大美女像個孤獨老人那樣流浪在街頭。

高洋給我看手機裡面他拍下來的尋狗啟事，我隱約看到一個數字，我把照片撥開放大看，果然，我沒看錯，上面懸賞金額是「十萬元」！

我下巴又要掉下來了。

我問，你怎麼願意花這麼多錢去尋找……？

接下來的話我說不出口，我對自己感到羞恥。

高洋倒是落落大方接口，說，妳是不是想問，我為什麼要花這麼多錢尋找一隻又老又病又醜又瘸的狗？

我慚愧點頭。

他輕輕一笑，眼裡卻密密麻麻充滿疼痛，他用力吸吸鼻子，說，我可以愛很多狗，但是在這個世界，牠只愛我。

在這個世界，牠只愛我。
在這個世界，牠只愛我。
在這個世界，牠只愛我。

我整個人愣住，說不出話。
高洋低下頭，肩膀隱隱顫抖，再抬起頭來，眼眶紅了一圈。
直到這一刻，我才發現，高洋是這樣好看。
沒有吊兒郎當的輕浮樣，滿眼是認真死心眼的神情。
我是否從來不曾真正認識他？

因為沒有找到大美女，高洋發誓從此茹素。

他哽咽說，這十多年每個苦讀的夜晚，都是大美女窩在我腳邊。每次放榜落榜，都是大美女陪我喝酒。我答應過牠，要陪牠到老，我承諾過牠斷氣的時候我一定會陪在牠身邊，握著牠的手……那是承諾，承諾妳懂嗎？可是我把牠弄丟了……。

我扯扯他的肩膀，說，你相不相信，大美女一定在某個角落好好的。

高洋一把抹去淚，說，我吃素，就是希望如果有人撿到牠，可以代替我好好照顧牠……可是牠已經這麼老了，說不定已經死了……要是這樣，我也要為牠吃素，希望牠斷氣的時候，有人替我握著牠的手，給牠最後的溫暖……。

說著說著，高洋又哭了，斷斷續續說著，是我不好，沒有遵守我的承諾……陪牠到老。

執子之手，與子偕老。

原來還能這樣解釋。

那個夜晚，我們說了再見。
我一個人走在大街上，往捷運站走去。
月光下，我感到極大的憂傷，也感到深深的溫暖。

《少年Pi的奇幻漂流》是這樣說的，人生就是不斷地放下，最感傷的是沒有好好說再見。
因為沒有好好說再見。
他用一日三餐，茹素，每日每月，重新進行一場漫長的告別。

我忽然覺得一陣癱軟，坐在大街旁，看著人來人往。

你相不相信每一陣風都是一陣思念，一陣用盡全力的執迷不悔，你以為只是一陣輕柔的風，其實這是地球上某一個角落，有一個人，發動全宇宙對你祝福，想把全世界的溫暖都給你。
也許你知道。
也許你從來不知道……。

你啊……。

你有多少憂傷藏在心底？

你有多少告別還沒好好開口？

你有多少人，愛你如同全世界？

你又有多久，不曾好好去愛一回？

Book，其實我一直斷斷續續有他的消息。還記得嗎？Book的房子退租後，我轉介給當時坐我隔壁的同事。同事叫做葉菲菲。

他們的故事起源於一個颱風夜。

那晚，在北部當兵的Book放假，回不了家，沒地方去，本來是要跟高洋湊合著擠一晚，偏偏那天高洋不在，而胖達、布萊恩都已經搬走。新來的室友他不熟，唯一熟的人就是葉菲菲。

Book曾經與我、菲菲一起吃過飯。算是有一搭沒一搭的認識。不過他們前後住過同一間房間，難免有些莫名的熟悉。菲菲雖然小我幾歲，但是心明眼亮，洞悉世事，心思玲瓏，知道Book是個話不多的好人。

那個颱風夜，風雨交加，高洋忘了留下鑰匙，Book進不了高洋房間，打手機給高洋，高洋壓低聲音說他正在約會。

Book不氣不急，坐在客廳，如同往常，目光在很遠的地方。他是接受了要在客廳吹風、觀雨，坐上一夜。

但菲菲心有不忍，說，Book，外面好冷，我沒這麼早睡，你來房間等高洋吧！

菲菲泡了一壺茶，兩人就這樣天南地北地聊起來。

喔，不，是菲菲天南地北地和Book聊起來，大部分時候，Book是靜靜地聽，緩緩地笑。Book在那個房間很自在，畢竟曾經住了多年。

一路就到了凌晨三點，菲菲又打高洋手機，已經關機了。

Book靠著牆邊，瞇著眼，睡著了。

菲菲仔細端詳睡著的Book，雖然理了一個大光頭，看起來倒不拙，乾淨恬淡的氣質讓人很舒服。

Book皺起眉頭，不知道做了一個什麼樣的夢？憂傷的睡容讓菲菲心頭一緊。

突然，Book一個頓醒，睜開雙眼，就對上緊盯著他看的菲菲。

兩人都嚇了一跳。

菲菲的心跳加速，一陣紅暈染上臉頰。

Book歉然，說，對不起，我睡著了。

菲菲暗壓下心跳，故作雲淡風輕地說，沒事，牆角還多了一張床墊，我給你鋪上吧！

就在菲菲房間的角落，菲菲為Book鋪上一床墊。

Book沒多說什麼，一派自然地躺下，睡了。

隔日一早，回營報到。

怪的是，下一次放假、再下一次放假，Book都睡在菲菲房間的床墊上。
菲菲好心收留了放假無家可歸的Book。
Book的床墊從房間一角落，漸漸鋪到菲菲床邊。
Book睡在她床邊的地板上，睡了九個月。
清清白白、乾乾淨淨。

兩人什麼也沒發生。
像是住在同一個房間的室友。
只是一個是男的，一個是女的。
一個睡床上，一個睡床下。

有個晚上，不知道是月球的引力作祟，還是流星劃過了老房子的天空。
他們接吻了。

這個意義非凡的吻，後來演變成「從前從前，公主愛上書……」親子餐廳，地點就在老房子附近。

整間店以「書」為設計概念。
寬敞的庭院裡，有書籍造型的鞦韆、涼椅。
世界著名童書裡面的經典角色也一一在店內陳設。
除此之外，院子裡種了一棵高聳的雞蛋花，樹杈上會開出白色芬芳的花。
Book的流浪狗、流浪貓現在剩下四隻，自在穿梭於「從前從前，公主愛上書……」。

我拉著菲菲，問，欸，我記得妳對貓毛狗毛過敏，不是嗎？
菲菲說，他愛啊，我要是叫他把那些貓啊狗啊全送走，他不難過死了。
我說，他不會難過死啦，過陣子就好了。
菲菲說，問題是，他難過，我就難過啊。

我望著菲菲，有些趣味，這女孩以前坐我隔壁的時候，挺計較的，每次我們一同買自助餐回來共食，價錢除以二。要是除出八十七、八十八，她老是讓我出八十八，多付一塊錢。
我不在意這一塊錢，但她堂而皇之地每回都這樣算，我暗忖她的個性中該有那種「吃麵吃飯就是不吃虧」。菲菲是不會讓人佔便宜的。

沒想到這會兒，個性溫和，牲畜無害，毫無殺傷力的Book，竟成了她的軟肋。

我坐上鞦韆，問，菲菲，過敏這件事，是生理反應，妳總會鼻子癢啊，貓狗這麼多，不折騰嗎？

菲菲從口袋裡拿出一個口罩，大剌剌戴上，說，看到沒，我有口罩啊！妳要不要來一個？

我笑出來，說，妳留著吧！我想多聞聞你們院子裡的花香呢！

菲菲說，欸，我告訴妳啊，妳家不是兩小孩嗎？口罩還是要備著，最近空氣差呢，霧霾很傷身的。妳知道哪裡口罩好買嗎？我發現一家，他們的材質才真能抗汙防菌，而且，我比過價錢了，這種等級的，這家商店硬生生比別人便宜九點二折！

我瞪大眼，說，九點二折？一個口罩算這麼精？那是便宜多少錢啊？

菲菲露出得意表情，說，一塊四毛。

總之菲菲現在是「從前從前，公主愛上書……」的公主，他們結婚，沒婚紗、沒戒指、沒婚禮、沒辦桌、沒買房。裸婚。

我挺為菲菲叫屈。

我說，他不過吻了妳一個吻，妳就把一輩子給他啦？

她說，錯，是他吻了我一個吻，我讓他把一輩子賠給我。

菲菲露出一絲得意。

說到底，菲菲還是不吃虧。

我問Book，你怎麼老栽在名字疊字的女孩啊？莫佳佳、葉菲菲……。

Book回我，帶點神祕的語氣，說，因為她們都喜歡自稱公主。

這是什麼無厘頭的解釋？

原來，那錄了九年的睡前故事，Book都是用同一個開場：親愛的公主，我要跟妳說一個故事，從前從前……。

既然都是公主，Book說這樣錄音帶就可以重複利用，不用重錄。

我才不相信，菲菲可不是那麼好唬弄的。如果是這樣，Book肯定被扁成「臉書」，非死不可，非死Book。

不過，這說法證明，Book跳脫「沉思者」的幽暗時光，開始有幽默感了。

在「從前從前，公主愛上書……」親子餐廳中，有一個時段會全場爆滿，就是Book說故事的時間。

那九年練下來的說故事功力在此時發揮得淋漓盡致。

省話一哥靠「嘴」當招牌，始料未及。

我呢，現在則是忙碌的職業婦女。
兩個孩子，三歲和一歲。
白天孩子在保母家，晚上下了班，我得衝去接小孩。
網路媒體工作有個好處，主管答應我，我可以準時下班，做不完的事情就在家發稿。

先生常出差，我是偽單親。
日子過得怎麼樣……我說不上。

也許就跟你說說我的今晚吧！

晚上九點半，哥哥還拿著畫筆，把水彩顏料弄糊滿客廳，我邊擦邊罵。
好不容易清潔乾淨，哥哥倒出整箱玩具，客廳又亂成一團。
好說歹說，哥哥把玩具整理好，又吵著要喝牛奶。
妹妹想睡覺，開始一直哭，我只有一手抱著妹妹，一手幫哥哥倒牛奶。
哥哥一邊在喝牛奶，我聞到妹妹飄來一陣酸酸臭臭的味道，恍然大悟，原來不是想睡覺，而是便便。
我交代哥哥快點喝，然後轉身帶妹妹進廁所清洗。
才剛抱著清洗好的妹妹走出來，哥哥這頭忽然高喊，媽媽，我想尿尿……。
你等一下……我還沒說完，哥哥說，已經尿出來了……。
黃色的尿液一滴一滴滴在地板上。
哥哥開始大哭。
我放下妹妹，準備去拿抹布。
妹妹踩到地上的尿，跌倒。
妹妹也開始大哭。
我一口氣還喘不來，手機響起Line簡訊，主管傳來最後通牒，五分鐘後得交稿。
我……。
大約是這樣的日子。

周而復始。

先生很忙，有些時候我有滿腹辛酸想跟他說，可是看到他疲累的身影，我說不出口，我捨不得他為我傷神。

偶爾耳邊會響起那年冬天，布萊恩說的話，他說，妳這種適合娶回家。他的意思是因為我長得不高不瘦，溫和平凡，放在家裡很安全？還是因為我的個性不吵不鬧，不添麻煩，宜室宜家？

不記得從哪聽來的一句話，女人是一天的公主，十個月的皇后，一輩子的女傭。

挺貼切。

不過，我努力在女傭的生活中展現公主的貴氣與皇后的霸氣。

先生不加班的時候，很早就會回家。我們一起哄小孩入睡，雖然他們不是那麼好哄。

講故事、玩遊戲是最累也最美的時光。

好不容易等他們睡了，我們躺在床上，講些生活瑣事，我習慣把我的頭枕在他胳膊上，他的聲音很柔，我常常在有一搭沒一搭的閒話中，不經意地入睡。

一覺到天亮。

每個清晨，眼睛還迷迷濛濛，我已經扯著他把快要消失的夢趕緊說出來，他總是很認真地聽我說夢，那些亂七八糟拼貼的夢境，他聽來興味盎然。

我們的愛情裡從來沒有鮮花、巧克力，但是有許多「剛剛好」。

剛剛好他也上了捷運，剛剛好我們選了同一節車廂，看中同一個位子。

剛剛好拿出一樣的手機，都打開WhatsApp，發現手上都拎著星巴克咖啡。

剛剛好，他望著我。

剛剛好，我望著他。

剛剛好，我們一同微笑。

剛剛好的時間，遇上剛剛好的人。
那些剛剛好，莫名地治好我的失眠。
我擁有剛剛好的幸福。
不太熱，不太冷，剛剛好的溫度，剛剛好的溫暖。

那年跨年，燦爛煙火在夜空中響起歡呼。
坐在電視機前，我們喝啤酒。
一年的最末與最初，總有些莫名的惆悵。是感嘆時光匆匆？還是光陰不再？
我拍拍他，隨口一問，新的一年耶，你有什麼新願望嗎？
他正低頭，查看手機。那陣子，他的工作翻天覆地。工作簡訊時不時打斷我們的相處。
我無奈，拿起遙控器選臺。不管轉到哪一臺，都是跨年晚會的實況連線畫面。

半晌，我的手機響起簡訊聲。WhatsApp。

打開一看，是他傳來的。
我沒好氣地說，發什麼神經，我就坐在你旁邊，有話不會直接說啊？
靦腆的他臉已經漲紅，我沒看見。
點開訊息，跳出：

娶妳，當我老婆。

我一愣，心頭軟了起來，忽然就哭了。
又哭又笑著，追著他打，那有人用WhatsApp求婚的！我不要啦！

女人啊，都怕老，喜歡人家叫「妹」，不叫「姊」。
更怕「媽」跟「婆」。
但是文字多奇妙，「老」跟「婆」搭配在一起，卻讓人無可招架，溫暖想哭。

也許我們都需要一點時間，才能體會，有一種愛情，不需要徹夜失眠，
只會讓人一夜好眠。
或許那不叫愛情。
我們說不出那種自在的感覺、安然的心念。
這一切，名之為，愛。

金主的愛情連續劇

說這個故事的人現在已經躍升戲劇製作人了，不過在這之前，她是一位憑藉著對人世深刻體察，寫出不少膾炙人口好戲的資深編劇。

我開始寫戲的時候，才知道一個戲劇要能被製作出來，重點不是演員、不是劇本，而是金主！沒有金主，一切都是空談。

有一次，我應製作人邀請，一起參加一場餐宴。說穿了就是去對投資者說明這次的劇本故事，本來這應該是製作人的工作，但製作人覺得帶我出去見見世面，也許可以幫助我刻畫角色，而且這齣戲我最了解，我來幫忙解說再適合不過，我自己也感到很新鮮，這輩子還沒見過所謂的金主，感覺他們好像是財經雜誌裡才會看到的大人物。

出發前，製作人跟我說，金主是建設公司大老闆，喜好藝文活動，兜資金這種事情，不該我開口的時候我不要亂開口，我只需要負責表現出故事很有看頭、有十足的市場把握，並且偶爾點綴一些風花雪月的哲學性話語即可，「妳要像個有智慧、有思想的創作者，才有說服力！」製作人叮嚀我。

金主田老闆大約六十歲，不是我想像中的財大氣粗，但也沒有太清高的氣質。講話的姿態帶著一些商人的俗氣，不過談起愛情故事卻又有一絲不切實際的浪漫感觸。

他先單刀直入問我對目前台劇、韓劇、日劇的潮流看法，後來話鋒一轉，開始問些別的，好比：「妳覺得愛情中年齡是不是距離？」、「有人說，女人變壞就會有錢，妳的看法呢？」、「男人如果沒有麵包，女人還會有愛情嗎？」田老闆關注我對兩性愛情的看法，似乎大過這次合作他所能得到的利益，詭異極了。

聚餐結束後，我昏昏沉沉回到家，我的確很不適應這種社交場合。

幾天後，田老闆打電話來約我出去，我有些納悶，他對我該不會有什麼企圖吧？我又不是螢光幕前的那些高䠷豔麗的女明星，他想做什麼呢？

帶著忐忑與好奇，我依約來到台北頂級的日本料理店，他訂了私人包廂，門一關上，只有我們兩個。

田老闆躊躇一會兒，開門見山說了，其實他目前有著極大的苦惱，他不知道該找誰諮詢，又怕此事走漏風聲，他希望一個有智慧、有思想，與他生活領域完全無關的人，來為他分析一下。

搞了半天，田老闆遇上愛情難題，我鬆了一口氣，雖然我不知道我能幫上什麼忙。

田老闆三個小孩都已成年，與太太多年前早已分居，後來離異。田老闆可以稱得上是年長的黃金單身漢吧！

最近這一年，他遇到了一個「家境清苦、天真爛漫」的女人，女人今年三十歲，也正好小他三十歲。

「我很苦惱，我們已經在交往了，可是我不知道她愛我什麼？我這麼老，都可以做她爸爸了！」

「嗯……愛情有時候沒什麼道理……。」我回答。

田老闆的疑慮不光是年紀，還有：「我怎麼知道她愛的是我的人還是我的錢？」

「你對她有提供金錢的幫助嗎？」我小心翼翼地問。

「幫她付房租，也沒幾萬塊，應該還好吧？不過她一些生意上的客戶是我介紹的。」金主說女人是「為了家計，剛轉行做直銷」的好女孩。

說實在，我無法從這些微薄的資訊評價一個人。

田老闆此時拿出手機，秀出女人的照片給我看，女人面目清麗，沒有俗豔的風塵味，我不能武斷地評論她是為了錢跟田老闆在一起。不過，女人和田老闆摟抱在一起的模樣實在很像他女兒，我又難以相信條件不錯的她會愛上大她三十歲、頭上抹著髮油、身上時時飄散老人味的田老闆。

眼前，田老闆垂著頭，苦惱地說著：「難道我要斷絕給她的金援，測試她是不是真心的嗎？可是如果我不幫助她，那她跟一個老頭子在一起做什麼？大編劇，妳說呢？」

我說，唉，清官難斷家務事啊！我這個局外人能說什麼？只好開始胡言亂語了。

說實在，田老闆，我不知道你的愛情連續劇要怎麼演下去？如果是台灣劇本，女人肯定有一個很悲慘的家世，逼得她不得不早早出來工作。靠近你博取你同情，也許一開始是貪財，然後卻真的愛上你。或者是，把錢拿到手，再告訴你，對不起，她愛上另一個年輕男人，她也想成家，過正常女人的生活，最後毅然決然離開你。

如果是韓國劇本，很可能你愛上她以後，才發現她是你年輕時拋棄的初戀情人所生的小孩，母親一生清苦卻得了血癌，靠近你是要整垮你，她根本就是你失散多年的女兒，愛上自己的女兒就是當年辜負她母親的最大懲罰！

如果是日本劇本，那麼你們應該要進行一番道德倫理上的掙扎，關於老與少？貧與富？愛情與麵包？你們還要攜手面對一些尷尬，好比：出門別人以為你是爹，結果你是郎，或是你女兒年紀跟她差不多，打死不肯接受她等等現實殘忍的考驗。但她每次都會強忍著淚水，微笑跟你說：「甘巴地喲！」讓你心疼不已，無法離開！

我講完了。田老闆的愛情故事到底會演成哪一齣，我也不知道。

電視劇，太難看，關掉就好。

最怕是，一邊看，一邊罵，一邊罵，又一邊看，歹戲拖棚，遙遙無期……。

不過，這往往就是人生了。

咖啡與奶茶

朋友今年三十五歲，是熟女的年紀，感情空窗已久。這一年她免疫系統出了問題，認真開始調理生活，早睡早起，飲食全素，清心寡欲，杜絕一切刺激事物。這個故事，是她和她表妹的。

表妹來找我的時候，我正用果汁機打我的蔬果精力湯。聽說表妹來找我之前，已經在家裡哭得死去活來。

表妹今年剛滿二十三歲，長得甜美可人，異性緣極好，從國中開始交男朋友，戀情短則三天，最長不超過半年，往往我還沒記清楚對方名號，她已經又換了下一個。情史豐富，更迭迅速，令單身已久的我咋舌。表妹的現任男友宏毅不知是編號第幾任男友，不過這一任，有點不同。

當初他們在一起，跌破很多人的眼鏡，宏毅是小表妹歷任男友群當中，最其貌不揚的，但宏毅卻是與小表妹交往時間最長的，至今「愛情長跑一年」，我本來以為他們可以穩定交往幾年，沒想到卻殺出一個程咬金。

前陣子，表妹公司裡新進一位帥氣的業務，頻頻對表妹示好，表妹那顆年輕的心開始蠢蠢欲動。她不小心喜歡上帥哥業務，偷偷約會，地下戀情火熱燃燒一個月，直到被宏毅發現。

「怎麼辦？他很生氣，現在不理我了。」表妹哭倒在我懷裡。

「當然生氣啊！妳劈腿耶！妳到底愛不愛宏毅啊？」

「我愛啊！」

「那妳離開帥哥業務啊！」

「可是我也很喜歡帥哥業務啊！」

「妳不可能兩個都要啊，遲早要做個選擇的。」

「可是，就算我跟業務分開了，以後我會不會又喜歡別人？」

「這……。」

她哭得死去活來，問：「我才二十三歲，我有辦法愛一個人一直到老嗎？」

真是一個大哉問啊！

我拍拍她，安撫她：「先別哭了，喝點東西吧！」我往廚房走去，「妳要喝咖啡還是喝奶茶？」

「我想喝奶茶。」她擦擦眼淚。

「好。」

我為她泡了一杯奶茶，表妹挨近我身邊，可憐兮兮的樣子。

忽然她的目光被我的咖啡機吸引。

「嘩！表姊，這臺咖啡機好漂亮喔！」

「是啊！這臺咖啡機是瑞士進口，可以泡出很棒的咖啡喔！」

表妹愛不釋手地觸摸著咖啡機烏黑閃亮的鋼琴烤漆，流出愛戀的目光，但旋即又皺起眉頭，很掙扎的樣子。

我打探地望著她，問：「怎麼？還是妳要改喝咖啡？」

「怎麼辦？好猶豫喔！其實我知道我是要喝奶茶的啊！我一直以來都只

喜歡喝奶茶啊！但是我從來沒有喝過瑞士進口的咖啡機泡的咖啡，所以我也想試試看啊！嗚嗚，我好難過喔！人生好難喔！」

人生哪裡難？

現在，表妹左手握著咖啡，右手握著奶茶，咖啡與奶茶她都有了，她滿意地啜飲著，我羨慕地望著表妹，年輕能這樣放縱真好。

表妹抬起頭問我：「咦？表姊，妳不喝嗎？」

「不行，我在吃中藥調理身體，禁忌很多。」

「喔？那妳可以喝什麼？」

我拿起水杯，為自己倒了一杯白開水，哀怨地說：「我不能喝咖啡，也不能喝奶茶，我只能喝白開水……。哪像妳，這麼幸福，可以任性地想喝咖啡就喝咖啡，想喝奶茶就喝奶茶，有時候還可以放縱地兩種一起喝！」

表妹愣了一會兒，沒想到，一個晚上都哭泣的她，竟然在這個時候忽然大笑了出來。

唉！人生好難喔！咖啡與奶茶都喝不到的時候，人生還真難啊！

光

幸福到底是不是
掌握在自己手裡呢？

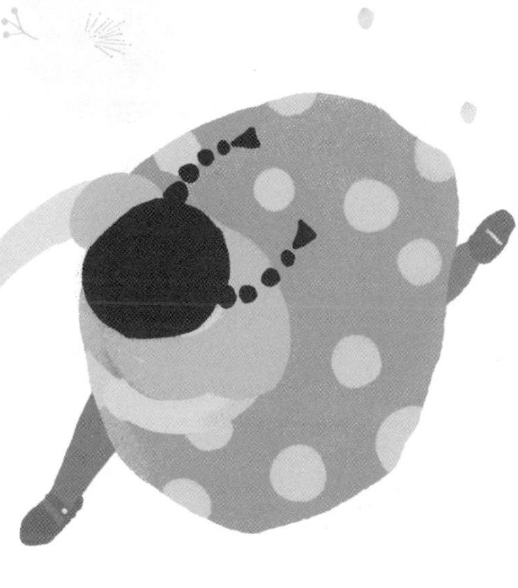

如果你問我，我會說，命靠天，
福靠人，智慧靠修行啊！

尋找微笑女孩

這個故事是幾個學生在課堂上所發想的點子，充滿寓言性，實在很可愛。我好奇，你讀到了什麼寓意呢？

有一隻鱷魚住在一座海島上，雖然鱷魚長得很醜陋，不過牠卻是一隻非常善良的鱷魚。有一天，當鱷魚在海邊玩水的時候，看到一個玻璃瓶從遠處的海面上搖搖晃晃地漂了過來。

鱷魚好奇打開瓶子，抽出裡面的東西，赫然是一張照片。

照片上有一位可愛的女孩歪著頭笑著，栗子色的短捲髮俏麗地垂在肩上，臉頰上有淡淡紅暈，笑瞇了的眼神如夢一般美好。

「真的好可愛啊！她是在對我微笑嗎？」鱷魚看傻了，心撲通撲通跳著，「有這樣笑容的女孩，一定是非常溫柔善良的吧！」這麼一想，鱷魚的心更加迷醉。

這一晚，鱷魚失眠了。

隔天早晨，鱷魚決定到隔壁小島去，希望探尋女孩的蹤影。

沒想到，牠才登上小島，忽然聽到「砰」地一聲巨響，一隻小鳥從天空掉落下來。

這是隻左右翅膀長得不一致的小鳥，天生的殘缺讓牠的飛行姿勢不良，笨笨地撞到樹幹，狠狠摔傷，如今只有在地上唉唉叫疼。

「哎喲！痛死我了！誰來救救我啊！」

善良的鱷魚看見受傷的小鳥，十分不忍，於是開始為小鳥包紮傷口，找尋食物和水。

在鱷魚細心地照料下，小鳥一天一天好起來，但是鱷魚卻一天比一天消沉，每天晚上都看著月亮發呆，唉聲嘆氣。

「你為什麼這麼不開心呢？」小鳥關心地問。

「唉……。」鱷魚嘆了一口氣，露出害羞的表情。

原來，月亮溫柔的月光，好像那女孩溫柔的微笑，鱷魚小心翼翼拿出玻璃瓶，抽出那張照片，告訴小鳥這樁祕密心事。小鳥一看，覺得女孩好眼熟啊！

「啊！我曾經在飛過城市高樓的時候見過她！」小鳥激動地拍著翅膀說。

「真的嗎？拜託！請帶我去找她！」鱷魚開心得幾乎要跳起來了。

為了報答鱷魚的救命之恩，小鳥義不容辭地答應牠。於是，鱷魚與小鳥開始動手製作獨木舟，牠們決定離開海島，踏上尋找微笑女孩的旅程。

途中，牠們遇到高聳的冰山、湍急的河流，好幾次差點送命。

「沒關係！微笑女孩在等著我！」每一次，鱷魚都這樣堅定地鼓勵自己。

雖然歷盡艱難，但是牠們沒有放棄，終於牠們抵達女孩居住的城市。鱷魚拿著相片四處打聽，路旁有位老人指向一棟房子，說：「她就住在裡面！」

小鳥鼓勵鱷魚，「你快去敲門吧！」

鱷魚鼓起勇氣，慢慢地迎向那棟房子，牠的雙腳開始發抖，終於要跟微笑女孩見面了！微笑女孩會不會喜歡長得醜醜的我呢？鱷魚一點把握也沒有……。

鱷魚舉起忐忑不安的手，正要敲門，沒想到門卻自己打開了！

門後，微笑女孩出現了！她正要出門逛街呢！

微笑女孩真的好可愛，她栗子色的短捲髮俏麗地垂在肩上，臉頰上有淡淡紅暈，笑瞇了的眼神如夢一般美好，而這個美夢就在鱷魚眼前！

鱷魚好開心，就在牠想上前跟女孩說話的時候，忽然間，牠看見了什麼，鱷魚猛地停下腳步，倒退好幾步！

這實在是震驚的一幕！如果不是親眼看見，鱷魚怎麼也無法相信……。原來，女孩纖細的手上拎著鱷魚皮製作的包包！她白嫩的腳上踏著鱷魚皮製作的鞋子！

「怎麼會這樣？」

鱷魚真的沒有看錯，女孩是動物皮製品的愛用者，那如夢一般的微笑來自使用皮革品的喜悅。鱷魚好傷心地跑開了！牠沒有讓女孩看見牠，牠原本以為女孩是善良的，現在突然覺得女孩臉上的笑容，一點也不溫柔了。誰會想得到，醜陋的鱷魚其實無比善良，美麗的女孩其實不那麼美麗。

「我們回去吧！」鱷魚把微笑女孩的照片丟掉。

「啊！你不跟微笑女孩做朋友了嗎？」小鳥驚訝地問。

「不用了！我有妳做我的朋友就夠了！」

經過這一次旅程，雖然鱷魚並沒有和微笑女孩做成朋友，不過，鱷魚多了小鳥這個朋友，牠們回到海島上，過著比以前更加幸福快樂的日子。

算命師

說這個故事的人，已經是兩個孩子的媽，從小到大，她堅信幸福是自己創造的……。

我自己知道，我長得不漂亮，也沒有顯赫的家世，我的母親很早就不知去向，我父親白天開砂石車，晚上四處賭博，我很少見到他。我住在阿嬤家，是阿嬤拉拔大的小孩。

阿嬤家的餐桌玻璃下，壓著一張泛黃的報紙剪報，每天吃飯我一低頭，就會看到這張剪報。阿嬤說這是我媽媽以前留下來的。剪報上面有一篇短短的醒世文章，標題寫著「前半生不遺憾，後半生不後悔」。

我問阿嬤，這句話是什麼意思？阿嬤告訴我，一旦有想做什麼事，就要去嘗試，人生才「不遺憾」，因為至少試過了。而下定決心去做的事情，既然都已經發生了，結果不管好壞，都要「不後悔」。

偶爾我會想，媽媽是不是要努力掙脫這段婚姻，人生才不會遺憾？但是她離開我以後，後半生會不會後悔呢？

反正，媽媽去追求她的幸福了。

阿嬤曾經疼惜地捧著我的臉說：「沒父沒母，這就是恁的命，恁要是不甘怨，就要自己想辦法，阮的命運，還是可以自己來的……。」

我懵懵懂懂長大，一路都靠自己，打架也靠自己，半工半讀，雖然辛苦，但我想要的，我都努力去得到，我一點也不慘，幸福是自己創造的！

大學時候，班上有個男生，高高帥帥，聰明優秀，他就是我心目中夢中情人的樣子。我知道很多女生對他有好感，但是他個性內向，不太會主動親近女生。於是，在一次同學夜遊抽機車鑰匙的時候，我動了手腳，讓我抽中他的鑰匙。就這樣我興奮地坐上他的機車，雙手輕輕抓著他腰際的衣服，讓風吹過我的髮梢，享受班上其他女生對我嫉妒又羨慕的眼神。

我不夠漂亮，但是我還算聰慧，我要更努力，才能讓他喜歡我。夜遊回來，我找各種機會靠近他。他在圖書館做報告，我正好就在圖書館讀書。他假日去補習班打工，我也去補習班應徵。他參加超冷門的書法社，我就進去當幹部，天知道我根本分不清楚顏真卿和柳公權。

我費盡心力，終於我們在一起了，我們的關係是我比較主動，但我一點也不介意。在一起兩年後，他在一場研討會上，認識別校的校花，校花白皙亮麗，氣質出眾，我知道我怎麼都比不過，他們看起來郎才女貌，而他果然選擇跟我分手，與她交往。

我墜入深淵，天崩地裂，但是沒關係，我抹去眼淚，再度鼓勵自己，幸福是自己創造的，我可以等。

我退到比較遠的地方，謹守分寸，不打擾他，只給他含蓄的關懷。

又兩年，校花被別人追走，他回頭找我。儘管我阿嬤反對，但我還是跟他在一起，戲臺站久了，總會是我的。

入社會後，他帶我回家，他上頭有三個姊姊，他是唯一的兒子。姊姊們雖然出嫁，但是都住在附近，還有小舅舅、小舅媽也住在一起，夯不啷噹一大家子有十幾口人都在一個屋簷下進進出出。而這一大家子人全聽從一個人的命令——他母親。

在這樣一個傳統家庭裡，他母親最寵愛的，跟期望最多的，當然是唯一的兒子。

很不巧，我那不怎麼稱頭的家庭，讓他母親非常反感，對他母親來說，我簡直是個血統不優、來路不明的女孩。而他兒子這麼好，當然值得一個家世、學歷、外貌都優秀的女人來相配。他母親眼中透露的鄙夷，深深刺傷我。

在母親強烈介入反對下，他也開始猶豫不決，刻意地漸漸與我疏遠。

阿嬤心疼我，不想我虛耗青春，安排我去相親。這個消息讓他知道以後，他反倒心急了。

有天他來找我，劈頭就問：「妳跑去相親了？」

「我也老大不小了，既然沒有要在一起，我覺得這樣對我們彼此都好。」這次，我是真的心死。

「好什麼好？不然我們結婚！」他脫口而出。

我一愣，嫁給他？這麼輕易就可以嫁給他了嗎？這不就是我夢寐以求的嗎？

不過，他母親這麼討厭我，還有那一大家子親戚，每一雙目光都在質疑我、嘲笑我，我實在感到害怕，更何況，他母親堅持獨子婚後一定要住家裡，不能搬出去，我有辦法生存嗎？

徬徨之際，我去找了算命師。

這位算命師是鄉里間有名的鐵口直斷，有一隻眼睛看不見，深深凹陷成窟窿，行動不便，但料事如神。

我請他幫我合一合八字，為了慎重，我連他母親的八字都一併打聽到了。算命師用那殘餘一隻眼的眼力仔細地看著紅紙上我用書法認真謄寫的生辰八字。過了一會兒，他抬起頭，雖然只有單眼，但目光炯炯地望著我，語重心長地說：「嫁過去，妳會很辛苦。會不會幸福，要靠自己……。」

我無法解讀這樣的人生是好還是不好，捏著那張紅紙，我邊走邊想，冷靜地思考。幸福當然要靠自己，我一路來都是靠自己！此時，阿嬤餐桌上的那張剪報上的句子「前半生不遺憾，後半生不後悔」猛地浮現在我腦海。

這就是我要的男人，好不容易走到這個關卡了，如果我不嫁，那我就無法「前半生不遺憾」。好與壞，總要試過了才不遺憾。

嫁了以後，只要我夠努力，有智慧，能夠討他母親歡心，把困境變順境，我應該可以降低後悔的機率，那麼我還可以努力讓自己「後半生不後悔」。

婚姻如果是一場賭注，這一把賭局，我不見得會輸。

於是，我答應他。

我可以嫁給你，但是你母親怎麼辦？她會接受我嗎？

沒想到他竟說：「我媽答應我們結婚了。」

「真的？」我簡直不敢置信。

「真的，她會幫忙我們籌辦婚禮。」

就這樣，我擁有一場盛大的婚禮，獨子娶妻，婆婆好面子，流水席一開八十八桌，把一所小學的操場包下來。而我的賭鬼老爸不知下落何方，沒有出席我的婚禮，這讓我鬆了一口氣。我挺怕他在我婚禮上跟我要錢，如果我讓婆婆丟臉，下場肯定會很慘。看著滿滿的賓客、花球、紅毯，我想都沒想到，我會有這麼風光的婚禮。

我……總算掙得了我要的幸福。我驕傲地走在紅毯上，從小到大的辛酸好似一瞬間獲得報酬。我這麼努力，我值得！

一年後，兒子出生，我帶著兒子的生辰八字，再度回到算命師的住處，請他幫我兒子取名。算命師還認得我，他用銳利的眼光盯著我，深思半晌，問我：「妳婚姻幸福嗎？」

我……，我不知道從何說起。婚後，我一邊要上班，一邊要兼顧一大家子人的家事。婆婆雖然很難伺候，但也不至於對我太差，我小心翼翼服侍所有人，不敢有任何差池，難過的時候，我會想起算命師的叮嚀，「會不會幸福，要靠自己……。」

「我想我還算是幸福的。」我用安慰的語氣回答。

算命師原本緊繃的臉，忽然鬆懈下來，微笑地說：「妳覺得幸福，那我就安心了。」

我怔然，不太明白他的笑容是什麼意思？

後來，我才從老公口中得知，原來，在結婚前我去算命的隔天，婆婆也拿著我的八字去問過命。而算命師跟她說：「旺夫，宜室宜家，任勞任怨。」

我相當震撼，我一直以為我的命運是掌握在我手裡的，結果原來是掌握在算命師的嘴裡！他的一句話，才是我進入命運下一關的通行證，如果沒有他，婆婆肯定不會讓我過門！

但我這樣想也不太對，我的命運可能是算命師造成的，但是幸福卻是我自己創造的。要怎麼樣經營不後悔的後半生，是我每天每天都在面對的課題。

所以，幸福到底是不是掌握在自己手裡呢？如果你問我，我會說，命靠天，福靠人，智慧靠修行啊！

月老的玩笑

喬安娜是台灣公司駐大陸杭州的業務代表，年收入幾百萬，聰明漂亮、事業有成，如果說人生有什麼遺憾，就是她至今待字閨中，芳齡三十六歲。

年輕時候的喬安娜相信老天爺一定為她準備好一個人，偶爾聽說有人為婚事發愁，跑去求月老，喬安娜眉頭都不皺一下。只是一年一年過去，真命天子遲遲沒有出現，喬安娜不免有些動搖。

於是，趁著放假回台灣的時候，喬安娜親自去月老廟走了一趟。

望著身邊善男信女虔誠地祈求，又是跪又是拜，喬安娜心中半信半疑，真的有這麼準嗎？

廟裡的工作人員向喬安娜說明：「求得好姻緣，最重要的就是把條件具體講清楚，才不會找錯人。」說實在，喬安娜對於另一半的想像朦朦朧朧，條件要怎麼講清楚，她自己都不太清楚。況且，第一次來，跟月老沒那麼熟，她也不好意思獅子大開口，只有含蓄地祈求：「親愛的月老啊！請給我一個經濟穩定、誠實正直的好男人，這樣我就心滿意足了！」

拜完月老廟，喬安娜回到杭州，正巧一位男性友人K到杭州遊玩，喬安娜抽空盡盡地主之誼。

K比喬安娜大八歲，是地方法院的檢察官，他們相識多年，久沒聯絡，而且，都是單身。

西湖的夜晚美不勝收，漁船在湖面搖搖晃晃，燈火點點，月光迷濛，K深情款款地望著喬安娜，真誠地說：「我們認識這麼久，彼此都很熟悉，不如我們直接結婚吧！」

喬安娜從醉人的氣氛中陡然清醒過來，她想起自己跟月老開的條件：經濟穩定、誠實正直。

眼前這個人難不成是月老派來的？

K工作多年，收入穩定，經濟沒問題。

K是地方法院檢察官，做人當然誠實正直，人品也沒問題。

哇！月老果然非常靈驗！

不過，她心中又深深感到為難……。因為K有兩個喬安娜無法跨越的特點，是她之前沒想過的。

那就是，K的身高只有一六〇，喬安娜是一六八，不穿鞋已經高過K一個頭了。

再來，K大喬安娜八歲，四十出頭的年紀加上長年工作辛勞，頭上的髮已經稀疏，稍顯老態。

至此，喬安娜恍然大悟，矮與禿，原來自己是會在意的！喬安娜好興奮，似乎透過月老的幫忙，未來另一半的輪廓慢慢清晰起來。

有了這次靈驗的事蹟，喬安娜樂不可支，再一次回台灣，剛下飛機，第一個行程就是朝月老廟邁進。

首先，她非常誠懇地感謝月老：「月老啊！謝謝你喔！你真的替我找了一個很好的男人，完全符合我上次說的條件，他真的經濟穩定、不會說謊，很誠實也很正直，不過喔，對不起啦，我上次沒有把條件開清楚，這一次，我要把我心裡面理想的對象講得清清楚楚，再麻煩您囉！」

喬安娜潤了潤喉，開始大膽地列出所有她要的條件，絲毫不手軟：「身高不用太高沒關係，不過我穿起高跟鞋的時候，他不能比我矮。至少要一七三公分以上。

年紀如果比我大，不要超過三歲，太老的我啃不動。如果比我小，不要超過五歲，太嫩的我吃不下。

收入不能太差，我想要生五個小孩，最好他可以養得起。結婚以後我不工作，扣除家用，每個月要給我三萬塊零用錢。這樣條件很具體吧？拜託月老大人囉！」

拜完月老以後，喬安娜帶著微笑，相當安心地飛回杭州。

幾天後，一群朋友約唱KTV，聚會中喬安娜認識了L。兩人交換完名片，L隔天馬上約喬安娜出去。

「你在哪裡啊?」喬安娜到了約定的地點,沒看到L,打手機問他。
「我就在妳面前啊!」
「我面前……?」喬安娜納悶地抬起頭張望,忽然她瞪大眼睛,見鬼了!眼前赫然是一輛保時捷耶!
保時捷的車窗緩緩搖下,露出L的笑臉,「嘿!我在這裡啊!」
喬安娜心兒怦怦跳地上車了。
L的身高巧巧好是一百七十三公分,喬安娜穿起高跟鞋的時候,兩人正好齊頭。
L的年紀比喬安娜小兩歲,精力旺盛,頭上的髮黝黑濃密,一點也沒有禿頭的跡象。
L的家裡在蘇州開工廠,外銷全世界,年獲利幾億。別說五個孩子,就算生一隊棒球隊,也不成問題。一個月三十萬的生活費是基本開銷。
「月老真是太神奇了!」喬安娜佩服不已。

L與喬安娜兩人迅速進入熱戀，甚至論及婚嫁。

L個性豪爽，對喬安娜非常疼愛，愛家顧家，有責任感，不賭博不抽菸，沒有任何不良嗜好，除了，除了……喝酒。

朋友失戀，喝。

家族聚會，喝。

歡唱KTV，當然要喝。

招待親友來大陸玩，一定要喝。

廠商談生意，豈能不喝？

連L家工廠的狼狗跟隔壁家工廠的狼狗談戀愛，都要號召一群朋友舉杯慶祝，生活中的喜事、衰事，有哪一件事情能不喝？

喝酒，不醉不歸是散會指標。

偏偏L「喝酒一定要開車」，怎麼勸阻都沒有用。

醉醺醺的L常常找不到回家的路，喬安娜三不五時在深夜裡接到求救電話，「寶貝，快來救我……。」

喬安娜只有從睡夢中驚跳起來，穿著睡衣去救人。

「你在哪裡啊？」

「就……有一棵樹……好像有結蓮霧？」

「蓮霧？什麼啦？」

「呃……不是，看錯了，難道是芭樂？」

「你．到．底．在哪裡？」喬安娜忍不住提高音量。

就這樣，兩人用手機模糊溝通，喬安娜蓬頭垢面開著車在大城小鎮裡繞來繞去，幾個小時後終於找到L，才發現L已經撞進一片田地，地上煞車的痕跡拉得老長，車子歪七扭八，而車上的L卻睡得不省人事。

一年之中，L撞爛七輛昂貴名車，其中包括那輛兩人初識的保時捷。喬安娜愈來愈害怕，她擔憂：如果嫁給他，我會不會很快就變成寡婦了？

終於，喬安娜揮揮手，跟L說再見。

L哭得像個孩子，手上拿著酒杯，醉紅著臉跪在地上：「寶貝，妳不要離開我……。」

喬安娜嘆口氣，摸摸他的頭，幫他把杯中的酒一飲而盡，拎著行李，頭也不回地離開了。

喬安娜再度回到月老廟，手中拿著線香，怔然站了好久，她實在想不出來還能跟月老求些什麼？月老把她要的都給她了，她也沒有因此得到幸福，繼續再求下去，會不會發現人生其實是一場沒完沒了的玩笑？

這個玩笑，到底是月老開的，還是自找的呢？

喬安娜什麼也不求了，她把香插在香爐裡，線香慢慢燃燒著，一縷輕煙隨著風，飄到月老面前，喬安娜瞇起眼睛，不確定自己有沒有看錯，喬安娜覺得月老帶著賊賊的笑容望著她。

她抿抿嘴，準備離開，才一轉頭，卻看見入口的前殿，有一個好熟悉的身影拿著香虔誠膜拜，不高，一臉老實樣，竟是K！地方法院檢察官，一個大男人，也來月老廟！

喬安娜錯愕地望著K，K正好抬起頭，目光對上喬安娜，K又是驚訝，又是靦腆，兩個人對望著，「你還沒結婚？」異口同聲問對方。

隨即，兩人忍不住噗哧笑了出來。

「一年不見，你好像看起來年輕了一點？」喬安娜打量著K。

「我去做了植髮。」K坦承。

K也打量著喬安娜，「倒是……妳好像矮了點？」

「我今天沒穿高跟鞋。」喬安娜一身帥氣牛仔褲。

「喔，原來。」

兩人之間有些生疏，有些尷尬，喬安娜大方關心：「你拜完了嗎？」

「才剛到，第一次來，搞不清楚要怎麼拜……。」

「我教你吧！」

於是，他們兩人一起站在月老面前，祈求一段好姻緣。

這一回，月老似乎真的偷笑了。

辛蒂的選擇

說這個故事的人，是一位五十多歲的長輩，我們一邊爬山，一邊看著天空流雲變換，他不知不覺就開始說起了這個故事……。

那天，舊公司的幾位同事聚餐，這些年人事變遷，每個人都有了不同的出路，平常也疏於聯絡，這次多虧一位同事莉莉熱情吆喝大家出來聚聚，我們才有機會話當年。

隨意閒聊間，莉莉忽然冒出一句話：「你們還記得老沈嗎？」

老沈？

我當然記得，以前坐我隔壁，中午常見他吃老婆準備的便當。

說巧不巧，就在前幾天，我才在一間湘菜館巧遇他。老沈一家四口，還有小舅子一家四口，一大家子人圍著圓桌吃飯，熱熱鬧鬧的。

老沈我認識。小舅子那一家我也認識，當年都是同事呢！

小舅子的姻緣說來真是一段佳話。

小舅子叫做凱文，太太叫做辛蒂，當年辛蒂是社會新鮮人，先進來我們公司工作，辛蒂清嫩可愛，大家都喜歡幫忙她。

幾年後，小舅子凱文想換工作，沈太太就叫凱文也來應徵我們公司，正好可以跟姊夫老沈同進同出。

凱文來了以後，很快地就開始追求辛蒂，兩個人同屬於年輕那一掛，一下就混熟了，才一年多他們就論及婚嫁，沒多久夫妻雙雙跳槽到另一家公司。

沒想到老沈幫小舅子找到工作，順道也找到老婆，凱文與辛蒂的婚禮我有參加，沈太太在婚禮上，大大讚揚老沈的作為，既是姊夫，又是媒人婆，功不可沒。

不過，我記得那場婚禮頗有一點插曲，新郎官凱文邀請老沈上臺，老沈直搖頭，說什麼都不肯上臺，拖推老半天，氣氛一度有些尷尬，沈太太臉都垮了。

新郎官凱文只好下臺硬將老沈拉上臺，新人畢恭畢敬地向老沈敬酒。接下來才奇哩！老沈本來不肯上臺的，這下一舉杯就連乾三杯，沈太太眉開眼笑，說他這個祝福很有分量。

但我怎麼看，總覺得有些牽強，不知道是不是不習慣那樣喧譁的場面，老沈一張臉說笑不笑，怪僵硬的。

當年老沈雖然就坐在我隔壁，但說實在我跟他挺不熟的。

他本來話就少，不太與人打交道，該做的事情做完就下班。倒是辛蒂剛進來的時候什麼都不懂，她常挨近我們辦公桌這裡問長問短，老沈以過來人的身分，挺熱心帶領著辛蒂，辛蒂才能夠快速熟悉業務。除了辛蒂，就沒見老沈和誰走動過。

「我記得老沈啊！幾天前去吃飯的時候我在餐廳碰到了。雖然很久沒有聯絡，但一眼就認出來了，凱文、辛蒂他們也都在呢！」我說。

「老沈……真是不簡單。」莉莉沉吟半晌，露出佩服的表情。

「不簡單？」我不懂。

「嗯……不簡單！」其他同事也附和，語氣裡同是一種感慨。

我一時糊塗了，什麼簡單不簡單？

莉莉詫異地望著我：「妳不知道嗎？」

「知道什麼啊？」我反問，真是一頭霧水。

「老沈跟辛蒂談戀愛啊！」

「談戀愛？有這件事？」我太驚訝了！

其他同事開始七嘴八舌講起了陳年往事。

原來，當年辛蒂才來沒多久，老沈就墜入情網，深深愛上辛蒂，老沈比辛蒂大了十幾歲，有家有眷，兩個孩子都上幼稚園了，向來安分守己愛家顧家，那知道中年熱戀，竟一發不可收拾。

「我就坐在他隔壁，我怎麼不知道？」我腦袋一陣混沌。

「我們大家都知道，誰知道你竟然不知道！」莉莉白了我一眼。

老沈平日看起來道貌岸然，我真料想不到啊！「後來呢？」我忍不住問。

兩人在一起沒多久，聽說老沈向辛蒂苦苦哀求，他願意放棄他的婚姻還有孩子，只求辛蒂跟他遠走高飛，重新開始美好人生。辛蒂陡然清醒，她年輕又聰明，還有大好前程，實在不需要攪和下去，於是她斷然拒絕，希望兩個人恢復到同事的關係。

「後來呢？」我又問。

「後來的故事妳就知道啦！後來老沈的小舅子凱文就進我們公司工作，後來凱文向辛蒂求婚，辛蒂就嫁給凱文啦！做不成情人，做親家。」莉莉說。

我想起前幾天在湘菜館見到老沈他們，那兩家人如今看起來和氣融洽，各自的孩子望上去也頗有禮教，怎麼看都像是兩個幸福的家庭。

如果當年辛蒂的選擇是跟老沈遠走高飛，那麼故事會是怎樣發展呢？

我想著老沈氣定神閒地處在那一個餐桌上，望著現在的太太，過往的情人，情人的丈夫，自己的孩子，情人的孩子……。

辛蒂一個轉念的決定，竟然大大影響了許多人後來的人生。看起來沉重的命運，其實只掌握在一個念頭的決定，這一切，好似很複雜，又好似很簡單啊！

傳播妹？

說這個故事的人現在是一位安親班老師，我認識她很久了，我記得，她以前的夢想不是這個職業，到底是什麼改變了她？

我一路念書，都是不錯的學校，那幾年媒體蓬勃發展，傳播科系變得十分熱門，當記者、當主播、當編輯，好像都是很棒的工作。大學我考上台北的傳播科系，懷抱著夢想，我從嘉義來到台北念書，我覺得我一定會有一番發展，腦中滿是城市少女唱的一首歌「讓我散播歡樂散播愛……。」

畢業後開始要找工作，我不是美麗亮眼的女生，當主播我不敢想，當記者我比較有希望，善盡媒體的正面功能是我的期許。

但可能我還不夠優秀，我沒考上電視臺記者，反而是在學長的引薦下進入一家傳播公司。我們公司產製綜藝節目，節目預算不高，付給主持人以後，剩下來的經費公司如果還要從中賺錢，那麼就只能請來一些小模特兒、剛出道的小明星，二線、三線的演員，節目也不怎麼有質感，反正就是一些沒營養的搞笑，也許真的有「散播歡樂」，但有沒有「散播愛」我實在很存疑。

我的工作內容從敲通告、溝通節目內容、寫腳本、想笑梗、訂便當、扛礦泉水、服侍難搞的藝人，通通都要摻一腳。在學校的時候，系上流傳一句戲言「女人當男人用，男人當超人用，超人當非人用」，一點也沒錯，在傳播公司的我常常覺得我簡直不是人，暴躁的製作人咆哮罵人的時候，我覺得我連當狗的尊嚴都沒有。

有一天，因為一個藝人臨時搞失蹤，讓節目沒有順利進行，製作人不分青紅皂白就開罵，好死不死，那個藝人是我負責聯絡的，我被罵慘了。

我心情惡劣到極點，下班時候經過百貨公司，我失神地進去亂晃，那天正巧是百貨公司週年慶，有個我觀望好久的紫色包包在打折，折扣不多，八折以後也要三萬元，我大學畢業已經兩年半，一個月薪水兩萬五，扣掉台北租屋一個月八千，還有水電費跟生活費，這個包包我想都不敢想。

百貨公司裡人擠人，大家搶商品毫不手軟，好像這些商品都不用錢，我不知道要工作幾年才可以看到標價不會心疼？

這世界上的人都這麼有錢嗎？賺錢真的這麼容易嗎？新聞裡面那些買豪宅穿華服的人，到底是怎麼回事？這個世界只要努力一定可以有收穫嗎？

就在我胡思亂想的時候，學長打電話來，招我去KTV唱歌。

當初就是這位學長介紹我進傳播公司的。他是財經雜誌的資深記者，混得很不錯，畢業沒幾年，他已經可以買得起一輛跑車。

「學長，財經記者薪水這麼好喔？」

「別傻了，妳以為當記者能賺幾個錢啊？」

「不然錢從哪裡來？」

「阿呆啊！股票啊！」

股票？看來我得要跟學長學習投資，不過學長總是說：「我不能報明牌給妳啦！妳手腳不夠快，肯定虧的！」他總是很忙，不過好像也不全是忙工作，他說他這份工作，最重要的是人脈與交情，所以他很多時間在跟各種單位「培養感情」，如此才能夠「用交情套行情」。

「學妹，今天唱歌的人，都是我的同業，跑財經的。他們還有找幾個女生一起玩，妳OK吧？」

「我OK啊！」

「她們也是搞傳播的喔！」學長語氣神祕地說。

「哪一家傳播公司？」

「三八！是傳播妹啦！」

「傳播妹？」我狐疑，難道是社會新聞裡說的那種傳播妹嗎？

我跟學長走進豪華氣派的大包廂裡，裡面已經坐著四個男人，聽學長說，有兩個已經有太太了。

其中一位大哥見了我，奇怪地問學長：「這個是哪裡找的？」

學長趕忙揮手：「不是，她不是啦，她是我學妹啦！見見世面！」

大哥笑了，「喔，難怪很樸素喔！……歡迎來玩啊！」

我當下有種不是滋味的感覺，我自己都不知道在彆扭什麼。

沒多久，門被打開，進來四個女生，裝扮相當雷同，又長又厚又濃密的假睫毛，臉上化著煙燻妝，腿很長，褲子很短，呼之欲出的大胸部上面撲滿發光的金粉。

其中有一位，格外醒目，因為，她肩上揹著那款紫色包包！那款我在百貨櫥窗渴望好久的紫色包包！我幾乎要尖叫了！

幾首勁歌熱舞，四位傳播妹相當盡責，黏著四位大哥扭來扭去，我的學長一杯啤酒接著一杯，笑聲愈來愈放肆，跟我以往認識的他不太一樣。

紫色包包的傳播妹跳累了，坐到我身邊來，叼起一根菸。

「男人瘋起來都這樣。妳不會無聊吧？」她說。

「不會，很有趣。」我誠實回答。

「是覺得男人瘋起來很有趣？還是我的工作很有趣？」

「啊？」她問得好直接，我不知道要怎麼回答才不尷尬。

「妳很好奇吧？可以問啊！」

「那……妳入行很久了嗎？」

「才一年。」

「妳之前做什麼的？」

「祕書，早上九點要進公司，晚上八點才能下班，事情又多又瑣碎，每天穿套裝，無聊死了，一個月薪水才三萬塊。」

三萬塊！比我多！

「那現在這個工作比較好賺嗎？」我問。

「當然啊！錢多事少離家近，睡覺睡到自然醒，一個月隨便都有十五萬以上收入，我幹麼不做？」

十五萬！一個月的收入就可以買五個紫色包包了！我簡直說不出話來！

她繼續說：「而且啊！只要來KTV陪人玩就可以賺錢，每個客人看到我都笑咪咪的，好快樂，我在散播歡樂散播愛耶！」

散播歡樂散播愛……這句話好熟悉，怎麼是從她嘴裡冒出來呢？

「那妳呢？妳是做什麼的？」她問我。

「我在傳播公司做事。」

「什麼？妳是同業？」

「不是啦！不是你們這種傳播公司，是真的傳播公司，做電視節目的！」

「哇！」她忽然興奮地大聲嚷嚷起來，「這裡有一個真的傳播妹耶！」幸好包廂裡音樂震天，沒人聽見。

當天晚上，每個女生離開的時候，手中都領走一疊厚厚的、白花花的鈔票，除了我。學長醉醺醺地開玩笑說：「誰叫妳不是傳播妹？」

後來我又在台北傳播圈闖蕩了三年，仍舊闖不出名堂，紫色包包一季過去以後也不再流行。

最後我離開五光十色的台北，回到嘉義，當一個安親班老師，每天跟小朋友唱兒歌，念童謠。做綜藝節目學會的說學逗唱、辦活動，現在全拿來逗小孩、辦活動。如今，我感覺我比較貼近散播歡樂散播愛，而我早已不在傳播圈。

很多時候，我並不真的理解這個世界。

可是我希望找到與它共存的方式。

更多時候，這個世界一點也不理解我。

可是沒有關係，至少我愈來愈理解我自己。

我知道我的努力，我的快樂。我的能與不能。我無愧於心。

就算跌跌撞撞，至少我在前進。

看起來我似乎是幻滅。事實上我只是換了一條我能走的路，走到我想去的地方。路上的風景和我剛畢業時想像不同，但驚喜加倍。

偶爾會想起，那位揹著紫色包包的傳播妹，不知道她是不是還繼續在「傳播圈」闖蕩，但我無法想太多，因為一個小女生正扯著我的裙子，要我幫她化妝。

今天是他們的成果發表會，我心甘情願服侍這些難搞的小娃兒，歡天喜地為他們訂便當、扛飲料，他們即將粉墨登場，成為我舞臺上閃閃發光的大明星呢！

伊蓮的心願

在父親揍了母親一頓，把母親的金飾嫁妝搜刮乾淨的那個晚上，小伊蓮害怕地跪在床邊，對月光許下心願：拜託給我一個家，我想要一個家，一個溫馨幸福的家。

上天什麼時候可以聽見她卑微的祈求？這個心願什麼時候會成真？滿臉淚水的小伊蓮不知道。

二十多歲時，伊蓮豐腴美麗，每當她爽朗大笑，彷彿有魔力一般，身邊的人很容易陶醉在她的笑容裡。她知道，這是她最美的時刻，也是無價的籌碼，善加利用自己的優勢，她將可以輕易擁有幸福的人生。

在朋友聚會上，一位澳洲華僑富商很快被她的笑聲吸引，馬上展開熱烈追求，伊蓮享受著被捧在手掌心的寵愛，半年就點頭答應遠嫁他鄉。婚禮在澳洲舉行，先生包下雪梨歌劇院，盛大的排場讓人欣羨，氣勢簡直不輸皇室婚禮。

先生大她五歲，對她疼愛有加，唯一有些奇怪的是，婚後，先生並不熱衷親密時光，婆婆殷殷期盼她能生下金孫，各種中藥、補品盡往她嘴裡塞。她無法告訴婆婆，不是她不想生，而是先生不斷迴避，她想過千百種理由，實在不明白，高大帥氣的先生，怎麼會對她沒有熱情？難道她不是他衷心渴盼的嗎？她覺得自己像一朵含苞欲開的花，季節就要過了，卻被勒令不許綻放。

婚後八年，伊蓮的肚子依然沒有消息，伊蓮已經三十六歲，婆婆從熱切到冷漠，先生終於對伊蓮坦白，承認這些年始終有另一個人存在，那個人比她幽默、比她有趣，伊蓮不相信，更不甘心，不斷追問，先生只好無奈供出，對方就是三不五時一起打高爾夫球的年輕球友。

先生沒有懺悔，也沒有發怒，只祈求諒解，希望三人可以繼續平靜地過下去，他承諾依然會好好愛護伊蓮。伊蓮這才恍然明白，原來這些年，先生不是沒有熱情，只是熱情的對象不是她，伊蓮輸給一個比她年輕的人，年輕的男人！

伊蓮難以接受這個事實，當下涼了心，婉轉告知婆婆，婆婆一點都不願相信這番說詞，反而憤怒地撲打伊蓮，辱罵伊蓮骯髒抹黑。當晚，伊蓮在左手手腕上畫下一道一道血痕，潔白的床染上點點腥紅，伊蓮怔怔望著其中一個紅點慢慢滲透床單，放大、放大、放大，空氣凝滯，伊蓮竟不感到疼痛，她不斷自問：我真的愛他嗎？或者我只是渴望一個幸福家庭的假象？

她更不能明白的是，只想要一個家，這麼簡單的心願，為什麼那麼難？

執握刀柄的手打算再割深一點，但她猶豫了，她感到可笑，就算她染紅了這整片床單，又能如何呢？

先生不是壞人，只是不是她生命中的男人。

伊蓮沒有死成，但是婚離成了。

孤單一人回到台灣鄉下老家，相依為命的母親已逝，沒有兄弟姊妹，八年的異國時光讓她在家鄉成了孤兒，她什麼也沒有。

奇怪的是她心中沒有恨，也沒有懼怕，地球上，就剩她一人了，無須對誰負責，也沒有包袱，反而有天寬地闊的自在。

她靠著先生給她的贍養費，簡單過日子，翻開地圖，一個國家一個國家當背包客去旅行。既然已經是飄零的落葉，那就隨處落地吧！

三十九歲那年冬天，伊蓮旅行到歐洲，借住朋友家。偶然結識一位德國男人，男人長她十多歲，太太早已離世，有過一番風霜，卻還是斯文中透著憨氣。

德國冬天凝寒刺骨，他總喜歡穿厚厚的衣，走長長的路，吹著冷風來敲門，沒什麼大事，只是帶伊蓮去逛逛超市。有一天，細雨方歇，他送伊蓮回到家，伊蓮在屋簷下拍去碎水，男人搓手呵氣，將伊蓮的手包裹起來取暖，一陣暖意滑過心頭，男人平靜緩緩地問：「冬天過去，妳可以不要離開嗎？」

伊蓮抬頭，望著他，為他撥去星星點點的雨水，沒有吭聲。也許冬天不會過去了，也許冬天早就過去了，伊蓮內心沒有怦然，可是就在男人黯然轉身離去之際，一個聲音從她喉頭發出：「好！」

男人停住腳步，沒有回頭，時間彷彿凝結，許久之後，伊蓮發現他肩頭輕顫，這年過半百的男人，隱隱啜泣著呢！伊蓮心頭一軟，從後頭抱住他。

他們結婚，只有簡單的登記，沒有宴客、沒有白紗、沒有皇室一般的婚禮，小教堂清脆的鐘聲已經足夠。

四十一歲那年，伊蓮已經相當享受在德國的生活。秋天，月經遲遲沒來。伊蓮心裡一驚，難不成她的更年期這麼快來報到？她惆悵地跟男人說：「我提早老化了！」幾天後，她開始覺得反胃，渾身不對勁，到醫院檢查才驚喜發現，老天給她的，是一個寶寶。

活到四十多歲，伊蓮總算擁有疼愛她的先生、可愛的小孩、小小的花園，一個溫馨幸福的家。

偶爾陽光照耀下，左手手腕上一條條白色的割痕彷似發出銀光，提醒她，實現一個心願，好像也沒那麼難，遲到的，終究會到。

片

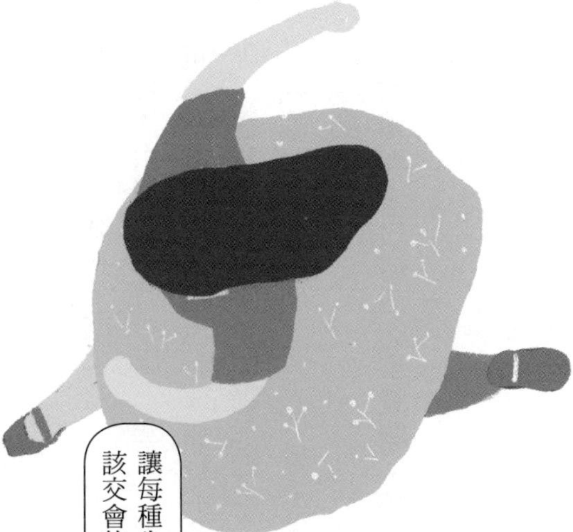

讓每種生命的姿態都在
該交會的時候交會，

該相遇的時候相遇，或許對
彼此都是一種美麗的生命學習。

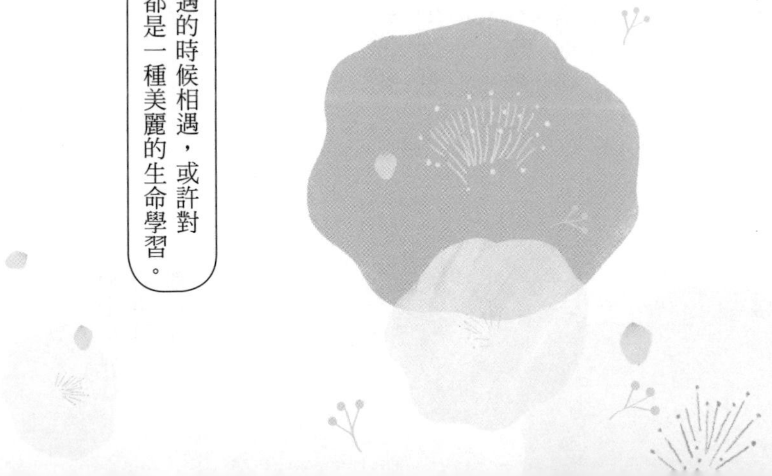

也許不孤單

姿君的第一個孩子滿月，暑氣方萌的六月初，我來到台中。

身旁同行的他，我們模模糊糊地交往了一陣子，十分平靜的那一種相處，得知我要從台北到台中探望朋友，土生土長台中人的他，體貼地刻意排假，開車載我下來。

星期六傍晚出發，南下塞車，走走停停看得出來他有些疲倦，我不會開車，一點忙也幫不上，只能努力不讓自己睡著，陪他有一搭沒一搭地聊天。送我到姿君家，已經是晚上八點多了。

「晚一點通電話，明天帶妳去晃晃。」

「嗯。」

我揮揮手目送他的車離開，趁著這次下來，他也要順道去會會他的老同學。

姿君見我特地前來，為我張羅一些滷味小吃，全是她親手料理的。

「結了婚，手藝不錯喔！」我調侃她，高中時候我們同住一起，她最擅長的也不過就是煮泡麵加蛋。

「其實沒那麼難，全部材料都倒下去，味道不夠就加鹽，顏色不夠就加醬油，糊里糊塗還是可以滷出一大鍋！」姿君得意地說。

夫婿在旁邊呵護著寶寶，姿君接手，抱來我面前，淺淡的眉、緋紅的唇，整張小臉蛋脹鼓鼓，方才聲嘶力竭哭過，現在一雙眼睛骨碌碌亂轉，猜不透小腦袋在想什麼。也或許寶寶什麼都沒有想，只是我們大人想得太多。

「準備下來待多久？」

「星期二上班，所以我打算明天在台中晃晃，星期一中午吃過午飯後回台北。」

姿君開始熱情比劃著哪裡好玩，唯恐我沒有正確認識這座城市，廟東小吃、逢甲夜市、東海國際街、精明一街、美術館、科博館……她洋洋灑灑推薦了許多非去不可的地方，憨實的夫婿也在一旁頻頻點頭。

我淺淺笑著，其實心裡一點頭緒也沒有，夫婿見我沒有反應，忽然想到了什麼，興奮地提起潭雅神自行車道。

「對！一整條十二公里，騎著腳踏車，通行無阻！」姿君篤定地看著我，「妳一定會喜歡。」她還記得我高中時候騎著腳踏車上下學的模樣，竟然這樣找回了一點共同的青春，我心裡有著微妙的感覺，腦海裡已經有了在風裡徜徉的快意。

睡前，接到他的電話。

「明天想去哪裡？」他問。

「有個自行車道，姿君說還不錯……。」

「好啊，那就一起去吧！」

「約幾點好呢？」

「妳說？」

「早一點好了，不然太陽出來就很熱了，五點？七點？」

「九點。」他說。

「九點？」我驚呼。

「約七點，妳六點就要起來梳洗，妳起得來嗎？」他打趣地問。

我原想逞強辯解，但一想，也許是他起不來，今天塞車開來台中，他應該很累吧？看看手錶，已經半夜一點多了，他和老同學還聚在海產店敘舊，真要一大早七點去騎腳踏車，有些強人所難呢。

「好吧！那九點來接我。」

「明天見。」他輕快地掛了電話。

而我不到六點就醒了。

不知道是不是因為睡在陌生的房間，覺得不安穩；又或者因為別的悄悄甦醒的舊時回憶，總之，黑夜才過去，天色將明未明之際，我已經張著大眼睛，靜靜躺在床上。

九點就要去騎腳踏車了。

我從高中以後就不曾騎過腳踏車，但腳踏車是我唯一拿手的交通工具。剛認識他的時候，他十分納悶我這樣缺乏行動力。

「汽車？」

「不會耶。」

「那至少會騎摩托車吧？」

「完全不行。」

「可是妳會騎腳踏車不是嗎？」

「那又怎樣？」

「妳會騎腳踏車，那就應該會騎摩托車啊！」

不光是他，我周遭的人常常把會騎腳踏車類推為會騎摩托車，而我心裡不免覺得冤屈，對我而言，那是完全不同的技能。

腳踏車需要雙腳真實地踩動，有一種肌肉伸展的踏實與幹勁，這種勞動讓我覺得安心，因為每前進一步，都是我努力完成的；摩托車只靠手腕輕轉，不費吹灰之力就輕鬆躍進，我反而無法拿捏。汽車就更別提了，好端端一個人被關在玻璃、鐵皮裡，根本與世界隔離，聞不著街道的空氣，觸不及堅實的地面，我老覺得不踏實。

「歪理！」他這樣笑我。

但我說的是我真實的感受。

還是腳踏車好。

不過我第一次接觸腳踏車的經驗並不愉快。那時候家住在中壢一帶，綠油油的農田裡錯落著紅牆磚瓦，鄰近山坡有著小橋流水，很樸實的鄉村景色。

有天爸爸心血來潮載我去兜風，我的貴賓座位是前面那一根直直的鐵桿子，爸爸攙抱我上去，將我環在他胸懷裡，我受寵若驚，貧瘠的家庭成長回憶裡，爸爸很少和我親暱，更別提天倫之樂這樣的形容。但那天父女倆騎在鄉間的田埂上，有說有笑，前方是如詩如畫的田園景致，回頭就是爸爸的胸膛，風吹過爸爸寬鬆的T恤，噗噗發出聲響，散發出清清淡淡酸膩的汗味，那是爸爸的味道。

爸爸邊騎邊神氣地吹著口哨，完全沒留意到潛藏的危機，前方一個窟窿被茂生的野草掩蓋偽飾，爸爸一不留神，狠狠地連人、帶車、帶我，一同摔了個慘跤。爸爸驚慌拉起我，我沒有大礙，只是一件美麗的花褲子被扯破了，父女倆一陣慌亂後反而覺得好笑，兩人在原地你看我、我看你，咯咯笑開，我連膝蓋滲血了都還不知道痛。

開始覺得痛是回家以後。

「單車是設計給一個人騎的，難道你不知道嗎？」媽媽見我們髒兮兮地回來，生氣斥喝著，廚房裡鐵鏟與鍋爐發出鏘鏘互擊的刺耳聲響。

爸爸不答腔，嘴角僵硬抿著，靜靜地為我消毒，塗上紅藥水，敷上紗布，仔仔細細用透氣膠帶把紗布黏得服服貼貼，我兩行眼淚在臉頰上流成兩道乾涸的河床印子，抽抽噎噎，沒敢嚎哭。

爸爸擠出一個笑容，摸摸我的頭，沒多說什麼。其實傷口的痛我還能承受，但是心頭上糾糾結結那個年紀不懂的情緒依然讓淚水汪汪不止。

那天深夜，世界格外沉靜，電風扇嗡嗡運轉，時鐘滴滴答答，微風飄吹過窗簾，遠方小狗夢酣輕吠，後方池塘魚兒翻躍，一切一切蛛絲馬跡的弱音，我都聽見了。於是我也聽見了，清晨時分，將明未明的朦朧天色下，父親推開家門，拎著行李，漸行漸遠的腳步聲。

摔車事件後，爸爸過了一個多月才回來，並且牽著一輛全新的兒童腳踏車：金黃色、捷安特，在陽光下連黑色的手把都會閃閃發光。我撫摸著嶄新的鋁合金車身，一顆心撲通撲通跳得好快。

「爸爸有空就帶妳去練習好嗎？」

「好啊！」我很快答應，怕不快點回答這句話就會失效。但爸爸還是食言了，之後又是一段很長的時間不見蹤影，我只有靠自己又摔又跌地摸索。

不知道這樣孤獨練習了多久，有天午後，爸爸無預警地回家，我迫不及待誇耀自己的成果。爸，我會騎腳踏車了！

媽媽定定望著我，露著懷疑。

爸爸看出我急於表現的神態，熱絡地拉著媽媽一同驗收。

爸爸說，一起去看看吧！

媽媽露出猶豫。

爸爸苦苦一笑，慫恿，走吧！

媽媽好半晌才不太甘願地點頭。

爸爸提議我們騎去不遠處的小溪邊，那裡有一寬闊的平地可以騎車散步，而他率先跑過去探探路況如何，吩咐我和媽媽慢慢跟上，他會在溪旁等我們。

爸爸先出發了。

我騎一陣、牽一陣，歪歪扭扭地，媽媽始終伴隨我。

很快地，我們到了小溪附近。

到達小溪必須穿過一條下坡山徑，我在下坡路入口處，停了下來。媽媽緩步跟著我，也來到了入口處。

這山徑窄小蜿蜒，兩旁是不見底的幽谷，一不小心就會摔得粉身碎骨，我猶豫著，真的要這樣冒險騎下去嗎？

不過，爸爸就在下面的小溪等我們了，騎下去，一家三口可以在溪邊散步，多好！

內心的期待與恐懼交戰難纏，站在我身旁的媽媽，正用不耐煩的眼神數落我，好似我的遲疑洩漏了我的謊言：其實我沒有那麼會騎車，不過是一個下坡路段就無法前行。

我坐在腳踏車椅上，深呼吸，醞釀一鼓作氣的勇氣，卻在此時猛地有股力量從我身後用力狠狠推了我一把，來不及反應，我一路直挺挺地往下滑衝，兩隻手死命緊握著手把，身體僵硬冰冷，完全失去操縱方向的能力，一股求救的吶喊聲幾乎要從喉嚨衝出，但是硬生生被我壓了下來，喉頭無意識發出哼嗯的微弱呻吟，整個腦袋轟隆隆只有一個疑問：

是誰推我？

風在耳邊呼嘯，只消一顆突起的石子、一個意外的轉彎，我就會墜落深谷！落日餘暉穿過樹縫篩落，柔和的光束在前方若隱若現，空氣中飄漾著樹林清新的幽香，終點在哪裡？會是天堂嗎？

我閉上眼睛，陷入一道純白光束，我的心寧靜得如同一潭深湖。

如果這是媽媽的希望，我會欣然接受，我一點也不想駁抗……。飄忽中，我好似聽見媽媽在我身後驚呼尖叫地追奔下來……。

幾乎要暈眩的當口，前方出現爸爸的身影，他在下坡盡頭，望見我一臉慘白地快速俯衝而下，驚慌的他不知怎麼讓我煞車，只有整個人堵上來接住我，俯衝的力量太強大，狠狠地折疼了爸爸的小指頭。

「怎麼搞的，怎麼不按煞車呢？」爸爸氣急敗壞地問我。

我駭得無法回答。

沒跌落山谷是不可思議的事情，一路上我並沒有操控這輛腳踏車，彎彎曲曲的路，竟讓我毫髮無傷安然地騎下來了。我回望媽媽，她面色青慘，身體微微抽搐，臉上滿布驚懼，疊聲焦急問著：「有沒有怎麼樣？有沒有受傷……？」

我眼眶一下子紅了，委屈，卻又覺得欣慰，剛剛肯定是我自己的腳滑開了，根本沒有莫名的外力推送。

沒有人推我。沒有人。

我真笨。笨。笨。笨。笨。笨。

但是一滴眼淚還是滑了下來，安安靜靜地滲落在姿君為我鋪的枕巾上。

爸爸終究離開了，再也沒有回來。媽媽不知道用什麼樣的心情度日，住在同一個屋簷下的我們除了日常生活對話，幾乎沒有交談。

這個家空蕩安靜，媽媽是一抹影子，模模糊糊、幽幽飄飄出現在不同的角落，屋裡陰鬱灰暗，以至於我怎麼都看不清媽媽的模樣。

我是孤單的一個人，不驚擾世界那般默默地長大。

對於爸爸的離去，我有過千萬個疑惑，但從來沒問過媽媽。那是一個永不能觸及的禁區，我選擇走得遠遠，然後撇過頭假裝什麼也沒看見。

不過，認真深思起來，爸爸和媽媽怎麼看都是不相搭的兩個人，他們的結合如此突兀，相處的氣氛僵硬而陌生，怎麼會有親暱的行為而生下我，讓人百思不得其解。

我想，一定是個不可言說的怪異時刻，在極少的情感下無意造成的後果，想到自己竟是這樣輕易地被生下來，難免覺得洩氣，彷彿一個不被期待的禮物，硬是推送到別人面前。

高一那年，媽媽有天慎重地拉著我的手，說有話要告訴我。

她沉思了一會兒，緩慢寧靜地說：「我要出家了。」望著她憔悴卻堅毅的大眼睛，我的心揪然緊縮，一時間不知該有什麼反應。

媽媽突然一把摟住我，緊緊地，死命地，幾乎勒得我無法喘息，然後她開始哭泣，我的臉龐感受到她的溫度、她的呼吸、她的鼻水，以及滾燙的淚水。

一陣酸楚在心深處漫溢散開，不過我並沒有哭。

緊緊抱著我，媽媽啜泣地說著：「我還不知道怎麼做母親……。」那是媽媽給我的第一個擁抱。

不知道怎麼做女兒的我，和不知道怎麼做母親的她，也許都因為青燈木魚得到了救贖，一個多麼正當的理由讓我們此後的絕緣合情合理，彼此鬆了一口氣。

這下，我真的變成孤伶伶的一個人了。

姿君聽說了我的事，告訴我她在外面租屋的房間隔壁床還是空的，不如搬去與她同住。於是，在媽媽離開家的隔天，我迅速地搬離了那間房子。想來難免感傷，明明是一個家，卻是紛紛落荒而逃的感覺。

有時我會猜想，爸爸呢？他也同樣不知道怎麼做爸爸嗎？我們三個人真像是不適任的三個演員，一個奇怪的機緣湊合在一起粉墨登場，不知所以，荒腔走板，最後連番脫逃。

爸爸是最早覺悟的，該替他高興嗎？

媽媽說「我還不知道怎麼做母親」的那句話，至今仍不時盤旋在我腦海，那個受苦又似乎要求得饒恕的神情，每一次想到都會讓我有複雜的情緒。

彷彿我是不該存在的，沒有女兒，自然也就沒有母親這個角色，媽媽也無須這般折騰吧！

不曉得姿君知道怎麼做母親了嗎？我坐起身，把枕巾抖了抖，上面的淚痕應該一下就乾了。

不過是計畫去騎個腳踏車，哪能引來這麼多有的沒的愁緒？

蜷曲在床上，我望著小窗外的天空，白雲飄移得十分緩慢，這個早晨無風，該是一個大晴天吧！挨了好久，終於聽到外面有人走動，我才敢起床。

來台中是為了探望滿月的寶寶，這個家裡充滿新生的朝氣，甜蜜而平和，我卻在這個屋子裡連番想到死亡與分離，我的思緒似乎褻瀆了這幸福的空氣，登時覺得很對不起姿君。

換好衣服，推開房門，姿君聽到我九點才要去騎腳踏車，她笑彎了腰，說，妳會曬成小黑人喔！

九點整，他的車準時到達。

一出門就有些後悔，這麼燠熱的天氣，難道真的要在赤炎炎的烈陽下騎腳踏車？不過他是為了我刻意下台中的，現在不騎車，我也不知道要做些什麼好。

「要不要吃早餐？」

他問我的時候，車正駛經麥當勞，我順勢點了頭，雖然心裡一直掛念著：太陽似乎更大了。

我吃得很急，一口接一口，他打量著我稀里呼嚕啃食的模樣，順手把金黃暖呼的薯餅推給我，笑著說：「慢慢吃，不急，都留給妳。」我羞赧了，並不是飢餓讓我速食，只是一個念頭想著快快吃完早一點去騎車⋯⋯。

看看手錶已經十點，他倒是一派悠閒，好似騎也好不騎也好，他總是這樣，天塌下來還能吹口哨，情緒平穩舒坦，不疾不緩，往往適時有技巧地化解我的不安多慮，讓我想起我們相熟的過程。

我們共同服務於一間大規模的旅遊公司，這間公司業務多元龐雜，舉凡國內外旅遊、機票、酒店、自由行，到電視行銷、網路行銷等等都有涉足，我僅是基層行政人員，他是資訊室主任，兩人打過幾次照面。

公司大雖大，相信盈餘也不少，可是員工的電腦已經過度使用好多年，卻遲遲不肯更新升級。我的電腦常因為一些小問題而作業困難，滑鼠不能動、銀幕不時閃爍、網路常斷線、鍵盤偶爾不靈光，不是大毛病，卻是相當惱人，東修西補也不能完全順暢。

不同部門的我們本來是沒什麼交流機會，就因為電腦頻頻出狀況，三不五時找資訊室救急，這才稍有走動，我從他的部屬，一路麻煩到他。

有一次，電腦又是莫名失靈，我拿起分機就撥往資訊室，資訊室的人答應馬上來檢查，一等就是十多分鐘沒下文，我忍不住直接往資訊室走去。探頭一看，裡面只有他一個人。

他抬起頭，我無奈地說：「我的電腦……。」

「又掛了？」他幫我接下去。

我點點頭。

「妳的問題每次都是說大不大，說小也不小！」他幽默地說。

「你們資訊室說差不差，說強也不強。」我的火氣登時沖了上來，該是被電腦搞得不勝其擾，厭煩極了。

他氣定神閒地望著我，目光柔和，微笑緩緩地說：「嗯，妳的脾氣說大不大，說小也不小！」

我知道他話裡沒有責備的意味，只是一句玩笑，但我僵在那裡，眼眶突然紅了一圈。一向都是沒脾氣的我，遇上委屈也不是會哀叫的個性，這一天就不知道怎麼了，心煩意躁，對不相干的人使了脾氣；然後，又不知道怎麼了，對著不相干的人紅了眼眶。

我的反應讓他有些詫異。

當下發覺自己失態，我窘迫地吐了一句對不起，轉身離開。

下班後，我如往常一般在公司不遠處的咖啡廳吃簡餐，悶悶地啜飲餐後咖啡，看著窗外發愣。

上班的大樓三三兩兩走出下班的人。

風吹過，掃起些許沙塵枯葉。

街上路燈一盞一盞亮起。

很快地天就要黑了。

很快地我就要搭公車轉捷運回家。

很快地明天又要來了，很快地我又回到這個地方上班，應付差不多的工作，吃這間或隔壁間的簡餐，很快地天又要黑了，很快地我又要搭公車轉捷運回家……。

很快地我一個人竟然已經二十八歲。

很快地印象稀微的父親，將會連長相都被遺忘得一乾二淨。

很快地不知道隱居在哪一座深山廟宇裡的母親，會羽化飛逝，真真正正消失在這個世界，而我可能還不會被告知。

沒有談過轟轟烈烈的戀愛，沒有熱鬧相聚的親友，沒有可以耍賴的戀人。沒有興奮期待的未來，沒有了不起的工作，連電腦都看我好欺負。

也許早在那個謎樣的午後，我就該順著外力跟腳踏車一起墜落幽暗的深谷……。

愈想愈自暴自棄，我趕緊打住這些雜念，匆匆結帳離開。

步出咖啡廳，經過公司樓下，竟看見他走出來。
四目相對，我先開口了。
「今天不好意思。」
「千錯萬錯都是電腦的錯。」他還是笑著，好像什麼事情也沒發生，「明天一早幫妳修好，連壞心情一併Reset。」
我笑了。
氣氛輕鬆起來，我說我正要走路去搭公車呢。他說如果不嫌他的車舊，他倒是很樂意送我回家。我想想，也好。
「今天心情不好嗎？」在車上，他問。
我輕輕點頭：「有時候覺得自己的人生好簡單。」
「妳說的應該只是單純吧！」
「我說的是貧乏、呆板、無趣。」
「只是心境與分享的問題吧！有時候很無聊的事情如果和氣味相投的人一起經歷，就會覺得有趣了。」
「照你這麼說，好像只要找到一個可以分享的人，問題就不存在了。」
「嗯，自己一個人也可以活得很有趣，但是如果再有一個人可以打打鬧鬧，不是更加分？」

「但是孤獨的感覺並不會這樣就消失吧！」

「那又如何？偶爾有機會跳出來就跳啊。一直孤獨或一直不孤獨，都滿遺憾的吧！在不同的感覺裡來來去去，也不賴啊！」

「哪有這麼簡單。」

「是不容易，很多人覺得最難的事情就是把人生過得簡單哩。」

就這樣有一搭沒一搭地聊著。

沒什麼邏輯，也沒什麼爭論，問題跟問題好像也不太相關。

等過幾個紅燈停，天空飄起細雨。

他開啟雨刷，真的是老舊的車了，雨刷不甚俐落，發出嘰咕嘰咕的聲音。玻璃窗上點點雨痕瞬間被刮得光亮，然後又一片雨絮飄落。

嘰——咕，嘰——咕。

嘰——咕，嘰——咕。

一拍一拍的呆板節奏竟然顯得很動聽。

車行駛到我住所樓下，我們還持續坐在車內聊著，這才知道，他比我年長六歲，父母都在台中，有兩姊一弟，但是成長過程中，他並沒有和家人住在一起。

「怎麼會這樣呢？」

「父親有個出生入死的同袍一直處於光棍，我父母不忍心見他這樣獨自生活，彼此商量一下決定讓我認他做乾爹，於是還沒上小學我就已經搬去跟乾爹同住，一住就住到我上台北念大學。

其實，乾爹家和爸媽家只有相隔一條街，但是很奇怪，沒有同住在一個屋簷下，久了之後我回家反而像客人，姊姊、弟弟也顯得很疏遠。」

他說，乾爹對他疼愛有加，但是畢竟年紀與觀念差距甚遠，又沒有天生的血緣關係，很難說有多麼親近。

自己的爸媽雖在不遠處，可是也不能天天跑回家，怕乾爹誤會他住不習慣，所以與誰太過親近，好像都會隱隱傷害到另一方，他只有用一種溫和含蓄的方式長大。

「所以，雖然我家人口眾多，但我一直是一個人。」他說。

不知道這句話帶著怎樣奇異的力量，我原本低著頭的眼神，轉而望向他，深深、深深的。
「怎麼啦？」
「沒有。」我搖搖頭。
在我心裡，有個微小的聲音輕輕呼應著：我也一直是，一個人。

潭雅神自行車道起點是潭子鄉，終點是清泉崗，兩旁綠蔭扶疏，因此也叫做潭雅神綠園道，這是姿君給我的資訊。
吃完麥當勞早餐，我們再度出發。
坐在車子裡，觀望外面的烈日，他看出我的擔憂。
「怕曬黑啊！」
「不是，怕中暑。」
「不然不要騎了，我們去弄清楚租車的價錢，這樣至少回去妳還可以跟姿君說妳騎過了。」
「喔。」我的語氣不那麼贊同。
「不然我們直接從潭子一路開車到清泉崗，妳也算是來過潭雅神綠園道囉！」

「喂！」我白了他一眼。

終究我們還是停好車，開始找可以租借腳踏車的店家。很熱，胳肢窩下面迅速滲開了汗水痕。沒有半個遊客，烈日高照的正午，沒有人要來這裡騎腳踏車。

走進大馬路旁一間租車行，蒙塵的大門深鎖，透過玻璃窗看見裡面陳列著好幾排腳踏車，有大有小，有淑女車有越野車，還有專供小孩使用的小塑膠三輪車，好多車，不過老闆不在。

我們繼續往前走，看到另一家租車行，店家的鐵皮招牌上，白底藍字寫著「運動家」。老闆是一對黝黑爽朗的中年夫婦，一看見我們，親切地出來招呼，我猜我們是今天第一對光臨的客人。

望著上面的價目表，單人單車，三個小時租金一百元，真是便宜。

「你們兩個人可以合騎協力車喔！今天沒什麼客人，本來協力車要一百五，現在算你們一百就好！」老闆娘強力推薦。

「聽起來不錯，那我們租協力車吧！」我望著他說。

「不要吧。」

「為什麼？同心協力騎一輛車不是很好？」

「哈，妳想我騎前面，妳在後面偷懶？不行！」

我的確是有著偷懶的念頭，但不全然如此，恍惚一瞬間，我也想要試試看兩個人一起同心協力的感覺。不過，罷了！

「那就一人騎一輛啊！誰怕誰啊！」

老闆貼心地遞給我們一人一罐礦泉水，腳踏車前面加裝了專門用來放水瓶的杯座，直接懸吊，很是方便。除此之外，車頭上還煞有介事掛著車牌，我的車號是2603，他的是2605，我們一人牽著一輛車，準備上路了。

我走得很急，迫不及待，他在後面喊住我，「等一下，2603小姐。」

「怎麼了？」我停下腳步。

他走到我身邊，彎下腰，指指我的褲子，「妳這件褲子比較寬鬆，一不小心捲到車輪裡就危險了。」他認真地蹲在我身邊，為我把褲管一層一層捲起來，我安靜不動溫柔地觀察他，這一瞬間有種平和喜悅的感覺填充在心裡。

他為我捲好了兩腳的褲管，拍拍我的背，「走吧！出發囉！」

說是綠園道，不過兩旁的綠蔭其實稀稀落落，看得出來是剛鋪設好的，有些路段的泥土仍新鮮鬆軟。一株一株刻意排列栽植的樹木，有高有低，稱不上參天巨木，離蔥蘢綠意還有遙遠的距離。

「好可惜啊！這些樹如果全部長大就不那麼熱了。」我惋惜地說。

「別心急，總要給樹一些時間長大吧！」

「要長到可以遮蔽陽光的程度，看起來還需要很久很久耶。」

「也只能耐心等囉！」

他一路鮮活有力，我也神采奕奕，流汗的運動讓人亢奮。車道跨越幾個路口，小至只有牛車會通過，大到砂石車來往頻繁，每個路口他總會停下來呵護我安全穿越。不知不覺就騎了一半路程，絲毫沒有疲累的感覺。

「妳看，休息站到了。」

休息站？我一臉迷惑。

眼前，幾個打著赤膊的老人圍坐在木桌旁下棋廝殺，陳舊的冰櫃裡面排放幾瓶可樂、礦泉水，原來這是中途為單車客設立的小小補給站，「休息站」三個大字歪歪斜斜塗寫在木板上，散發出樸實可愛的氣味，不過我們可沒有打算在這裡休息。

繼續再往前行，遠遠看見路邊聳立著一塊「園道使用注意事項」，上面諄諄叮嚀著要戴安全帽、注意轉彎、禁止放手騎乘，都是一般常識，引起我注意的是最後一條：「注意動物追逐，遇狗追逐時，可以用水壺噴水，效果不錯。」

「所以老闆給我們的礦泉水不是用來解渴的啊！」我恍然大悟。

他笑了。

他真愛笑。

經過一片遼闊草坪，路旁出現陳設好的木桌木椅，這一區難得有茂盛碩大的樹林，我提議坐下來休息納涼。

他的礦泉水已經喝完了，我將我的遞給他。

環顧四周，不遠處有工人在加緊修築新建的設施。天光清亮透明，草坪上的嫩芽豔綠得驚人。風不大，熱呼呼的陽光將每個毛孔曬得溫暖飽滿。

「2605先生，你剛剛為什麼不選騎協力車？」我隨口問。

「妳不會喜歡的。」

「你又知道？」

「妳不會喜歡兩個人硬被綁在一起的感覺。」他悠悠吐出。

我不置可否，卻還是追問：「你不覺得單車很孤單嗎？單車一開始就只設計給一個人騎。」

「單車是一個人騎，可是可以兩個人同時一起騎。一起自由自在，一點也不孤單。」他喝著我的礦泉水，水滑過他喉頭時起伏的線條真優美。

我起身，拉拉筋骨，忽然看見地上自己的影子，近正午，影子短短胖胖，失去修長的美感。

「你看，一個孤單的影子。」我說。

「但是是兩個人一起孤單的。」他走過來，將他的影子重疊著我的影子，融成一個。狡猾的傢伙！

「我要調頭回去囉！」我蹬上車，輕快出發。
他追過我，又騎在我前方。

這一段路，是沿途景致最美麗的一段，剛才來的時候就留意到了，現在要回去，再經過，還是覺得如夢似畫。

路面平坦，兩旁的樹林青翠高挺，陽光透過樹縫變幻成斑斕圖案，一路帶領我前行。

天空呈現最完美的藍色，寧靜慵懶的氛圍充盈在四周。

氣溫雖高，但是愉悅的心情覆蓋熱浪，我就這樣沉浸在只有當下的時光，不去想過去怎樣、未來如何，只要雙腳努力地不停踩踏，前方一直會有新鮮的風景出現。

身心放鬆悠然，思緒開始隨意漫飄。

拂過我臉上的微風，說不定等下就會吹到深山裡媽媽的面前，為她送上淡淡的青草香。

飄過我頭頂的流雲，說不定剛剛才從爸爸的窗前經過，雖然沒把握爸爸還記得我，但是至少他會和我同樣欣賞這朵潔白的雲吧！

如此一想，我們一家還是在同一個世界裡面緊緊擁抱著，這樣，就夠了。

我望著騎在我前方的他，身影明快飛揚，深淺紋路交織的橫條Polo衫在陽光樹影下有著迷濛浪漫的光彩。

我們會一直這樣騎著腳踏車嗎？

他仍會不時回頭顧盼我的腳步嗎？

有一天將如同姿君與夫婿那樣結成伴侶嗎？

一個人找到另一個人，就會不再孤單嗎？

這些問題我都沒有答案。

但是眼前澄潔的日光、淡雅的微風、蔚藍的長空、青翠的綠地，以及他瀟灑的身影、他在速度下鼓動的衣角、他回頭注視我的燦爛笑容，已然構成一幅美好的風景，拍攝在我腦海裡。

回程超乎想像地快，沒多久，我們回到了「運動家」，將車完好如初交還給老闆，完成這段單車之旅。

走去開車的路上我們沒有交談，彷似兩人都還沉醉在方才悠遊的餘韻。

一拉開車門，一股熱氣撲衝而出，他將冷氣開到最強，企圖迅速驅散車內凝聚的暑熱，過了一會兒我們才坐上車啟程。

剛開，就遇到紅燈。

等待的當口，我朝窗外看去，這個路口的角度正好可以清楚望見「運動家」。

我看見老闆娘在屋內走動的身影。

又看見老闆蹲在車堆裡面好像在幫輪胎打氣。

忽然，我發現了什麼，一雙眼睛不禁睜得好大。

沒有看錯，2603、2605兩輛單車就被擺放在「運動家」門口。

一左一右，平行並列。

在這個晴日陽光下，它們兀自孤獨，卻又一個影子偎伴著一個，成雙成對。

當孤獨成雙，也許可以不孤單了。

人魚公主的假期

說這個故事的人在觀光飯店服務，她是飯店的新進人員，正在學習專業的一切。

我是禮賓接待小姐，這個工作是客人報到之後，我必須帶領他們到房間，並且在一路上介紹飯店設施與活動，確保他們了解飯店的服務，讓他們可以自在地度過一個愉快的假期。

這是一個相當體面的工作，像電梯小姐、百貨公司服務檯小姐一樣，我們穿得漂漂亮亮，並且必須笑臉迎人。

「無時無刻保持微笑」是我主管教育我的第一條法則，也是最重要的一條。不論我當天的心情是快樂或悲傷，我都得微笑。不論我看到什麼該看或不該看的，都不能洩露出驚訝、害怕、厭惡、恐懼等等情緒。我以為，微笑的真諦就是讓客人舒服，讓旅程順利。

那天櫃檯通知我，三個月前就預約住房的郭先生一家三口已經快到了。對於提早很久就預約的客戶，我們都會特別關注。郭先生指定飯店裡最高層的房間，那間房擁有最遼闊的景觀，可以眺望整片蔚藍海洋。

我在他們還沒進飯店大廳前就已經站在櫃檯等候迎接。遠遠地，郭先生偕同太太、小孩來了。初見面的第一眼，我差點驚嚇得叫出來！但是我的專業讓我不動聲色。夫妻倆都是休閒裝扮，郭先生看起來很和氣，太太也十分親切。讓我大感意外的，是他們的孩子，郭小妹。

郭小妹，跟一般七歲小女孩一樣愛漂亮，粉紅色連身裙，胸前別著一朵小紅花。不一樣的是，她沒有小女孩吹彈可破的白皙肌膚，相反的，她全身布滿驚悚的鱗片，小裙子下的兩條腿，細細瘦瘦，皮膚好像老樹皮那樣粗糙龜裂。稀稀疏疏的頭髮中，可見層層剝落的白色碎屑。我按捺住我的驚嚇，不斷提醒自己：微笑、微笑、微笑。

我帶領他們往房間的方向走，郭小妹一點也不怕生，一路上在我身邊跳著玩。他們住的是海景房，一開門就可以看見整片汪洋，「哇！海耶！好大的海唷！」她興奮地整個人趴在玻璃前，眼神熱切盯著一望無際的海洋。

「她好喜歡海。」我微笑說著。

「是啊！她在上畫畫課，畫畫老師出作業，要畫海洋，所以我們特別帶她來看海。」郭太太微笑著。

我為他們沏了一壺茶，就在此時，我手中對講機暗暗傳來主管的指示：「問問郭先生、郭太太，如果他們晚飯想要在房間用餐，我們有提供客房用餐的服務，不用跟其他旅客一起。」

我愣了一會兒，我不知道主管是體貼郭小妹，怕她承受異樣的眼光，還是怕異樣的她，會讓其他旅客受到驚嚇？

眼前，一家三口相當自在，郭先生、郭太太的態度很坦然，「妹妹，鞋子脫了才可以上沙發！」、「妹妹，晚上爸爸帶妳去看星星。」我嗅不到悲苦的情緒，也感覺不出他們需要同情或憐憫。

我內心開始掙扎，儘管飯店主管是出於善意的建議，但是他們真的需要這樣特殊的選項嗎？

他們會覺得這是一種「體貼的禮遇」，還是一種「歧視的待遇」？

我沒有答案，但，我對主管說謊了！這是我從業以來，第一個謊言。我直接回報主管：「問過了，他們不需要。他們要跟大家一樣在餐廳用晚餐。」

晚餐時，郭太太、郭先生牽著郭小妹來到餐廳，他們開心地跟女兒吃飯、聊天，不時拿起相機跟女兒拍照，對待她的方式彷彿她就是一個正常的孩子。看不出他們因為她的病而格外溺愛，也沒有因為她的異常而遮遮掩掩。不過，郭小妹全身的魚鱗還是引起不少客人的側目，於是，主管再度要求我詢問郭家，隔天的早餐是否要在房間用餐，我猶豫了起來……。

晚餐後，我在大廳遇到郭小妹，她朝我跑來，笑得天真燦爛。我拿了一盒彩色筆還有圖畫紙給郭小妹，「這個給妳，妳可以畫一整片大海喔！」她欣喜無比地接過，我摸摸她的頭，仔細端詳她的雙眸，很難相信，她的眼神天真純潔，沒有因病染上一絲憂傷，我不知道她怎麼能如此怡然自在？

剎那間，我忽然覺得，我們為什麼不能讓她享有她的假期，跟一般孩童一樣的假期？大口地吃飯，用力地玩樂，盡情地放鬆，不用顧忌誰的眼光，這才是一個孩子該有的假期！

至於其他的客人，飯店也無須保護過度，讓每種生命的姿態都在該交會的時候交會，該相遇的時候相遇，或許對彼此都是一種美麗的生命學習。

我不知道我這樣的想法到底對不對，不過，我又扯謊了，我再度回報主管：「問過了，他們要跟大家一樣在餐廳用早餐。」

很快地，三天兩夜的假期結束，離去前，郭小妹喜孜孜地跑到我面前，伸出那鱗片滿布、令人心疼的小手，遞上一幅畫給我。
「這是？」我疑惑地問。
「我畫的，送給妳！」郭小妹回答。
我驚喜不已，趕忙把畫收下，仔細欣賞這幅畫：這是一個海邊，沙灘上，有爸爸、媽媽，和一個笑容很大的女生。
「這個是誰？」我問。
「妳啊！」郭小妹指指我，我受寵若驚，原來我在她的假期裡，佔有一席之地。
我又低頭，再看看這幅畫：海洋中有蝦子、螃蟹、海星，還有一條美人魚？
「那這個又是誰？」我問，指著畫面上的美人魚。
「是我啊！」郭小妹直接了當地說。
「妳是美人魚？」我納悶。
「是啊！」郭小妹昂起小臉，用一種驕傲的語調回答：「媽媽說我是美人魚變來的，所以才有鱗片，別的小孩都沒有，我是人魚公主喔！」
我的心一抽，鼻頭酸了起來。是的，她是一條美人魚，她是善良的人魚公主，她用光滑的皮膚交換了雙腿，才能在陸地上行走，讓我們看見不一樣的生命風景。

人魚公主的假期就這樣結束了。從他們一家人身上，我好似體會到微笑的真諦。微笑，那絕對不只是嘴角肌肉上揚的牽動，而是打從心底悅納生命所有狀態，如此才能化成一抹真實無比的笑容。

人魚公主，我會想念妳的！

要錢還是要命？

說這個故事的人是一位計程車司機，開車十幾年來，遇過許多奇怪的人，發生許多奇怪的事……。

說實在話，開計程車真是辛苦錢，很多時候我都很想罵幹，但罵完了還是得幹，又覺得浪費我口水。我算是個樂觀的人，我的乘客各行各業都有，我發現在台灣工作，其實沒有一行不辛苦，也沒有一個工作是有尊嚴的，你看，連當總統的都一天到晚給人罵，這樣一想我就舒服一點。

我這個工作最無奈的是我不能挑客人載，遇到好人壞人都是碰運氣，偏偏，這世界上的瘋子還真不少！每當瘋子上了我的車，我都覺得自己像個移動的精神病院！

有一天，我載到一個阿兜仔，我會說How are you，還會問Go where，阿兜仔我是不怕的，這個阿兜仔在信義區上車，他說他要去木柵。我開了快十分鐘，在等紅燈的時候，他忽然拍拍我，說他不去木柵了，現在要去板橋。

我只好轉往板橋方向開去。才過了兩個紅綠燈，他忽然又拍拍我，說他不去板橋了，現在要去北投。

我心裡開始不爽，但我忍下來。我往北投開去，此時跳錶已經跳到三百多了，我告訴我自己，假如他敢再改一次地點，我就要發飆了！

沒想到，又在等紅燈的時候，他再度拍拍我。

「安怎啦！現在又是要Go where？」我沒好氣地問。

「汐止。」他平靜地說。

哇哩咧！他平靜我可不平靜，我看他根本頭殼壞壞去了。我心裡火了起來，但我不動聲色，直接把他載到警察局，請警察大哥叫他下車，老子我車錢也不要了，遇到這種搞不清楚自己要去哪裡的乘客，我也只能認賠！

還有一次，我記得是八月，天氣很熱，路上行人是短褲短袖的裝扮。那個悶燥的午後，我在台北市繞啊繞，遠遠地就看到有一個女人伸手攔車，她實在太醒目了，因為這樣的大太陽底下，她竟然穿著一件白色呢絨長外套！

她搭上我的車，我從照後鏡偷瞄她一眼，年紀大約五十多歲左右，很濃的妝，藍綠色的眼影讓眼睛看起來腫腫泡泡的。咖啡色的大波浪長髮，有很亮的光澤，我懷疑那是假髮。這女人氣質不怎麼樣，但跟酒店小姐的風塵味又不太一樣，反正就是一整個俗擱有力。

「去關渡。」她說。

妳有多俗，我才不在乎，我開我的車，賺我的錢，才是重點。一路上她都很安靜，我車子開開開，開上快速道路，她忽然開口：「運將，你看我一下！看我一下嘛！」

我沒理她，繼續開我的車。她不罷休，用腳大力踹我的椅子，然後繼續說：「你看我一下嘛！看一下又不會死！」

「我看妳幹麼啦！」我不耐煩，頭一抬起，往照後鏡一看，我整個人嚇壞了！

她她她……她把她的白色呢絨外套給打開了！裡面是空的！我是說，什麼都沒有穿！那乾巴巴下垂的胸部……我不敢看！我真的不敢看！

「小姐，妳不要這樣，妳把衣服穿好……。」

「沒關係嘛！你要不要摸一下？給你摸一下啊！」她整個身體向前傾。

「不不不！妳趕快坐好！妳這樣我開車很危險！」我的老天！現在是怎樣啦！

「我忘記帶錢包了嘛……。你摸一下沒關係啦！」

有沒有搞錯！這種姿色要抵車資？我還真覺得我虧大了！肖查某！我只好加快速度，又將她送去警察局。

最難忘的，堪稱我計程車生涯中最經典的畫面發生在一個深夜。我沒辦法忘記，那天就在世貿附近，我看見前方路口有一男一女分開在招車，有一輛計程車橫過我，直接開到男人面前，男人已經伸出手要開車門，沒想到那輛計程車改變主意，猛然往前開去，去載前方的女人。

說實在，如果是我，我當然也選擇載穿迷你短裙露大腿的女人，可是迷你裙女人被前一輛車載走了，我只好接收沒被載到的男人。

男人西裝筆挺，看起來人模人樣，不過他一上車，就掏出一把槍跟一疊鈔票，憤怒地命令我：「你給我追前面那輛計程車！追到了一萬塊是你的，追不到，這把槍就讓你腦袋開花！」

這根本擺明了在問我，要錢還要命嘛！我一點也不想拿我的性命開玩笑，所以我將油門踩到底，死命往前追，我完全不知道他們有什麼深仇大恨，男人到底是要追計程車？還是計程車上的短裙女人？反正我衝就是了！

一把槍頂在後腦的感覺真他媽的不舒服，我把冷氣開到最大，但是我的汗仍然大顆大顆冒出來。

終於！我追上計程車了！我一個加速硬卡在車頭面前，心臟差點吐出來！我車上的男人很守信用，他把十張千元大鈔丟給我，碰地下車。阿彌陀佛！我保住小命！

男人走向那輛計程車，凶狠地打開車門，一把將司機拖出來摔在地上，然後他開始不分青紅皂白發了狂地亂踢亂打，口中不斷咒罵著：「你瞧不起我！不載我！你他媽的你瞧不起我！」這人真是的，看起來斯斯文文，原來是個流氓？

我見苗頭不對，本想下車幫忙，但男人一見我有動作，大聲嘶吼著：

「你下車試試看！拿了錢快滾！」

車上的迷你裙女人又發抖又尖叫，然後我看見女人在用手機報警，我想反正警察會來處理，我就溜了。我實在不知道這男人幹麼把司機打成那樣啊？就只是因為沒載他？算了算了，我懶得管！

隔天下午三點多，我睡得迷迷糊糊，接到警局打來電話，他們從街口的監視器錄影找到我，希望我到警局協助調查。

一進警局我就看到那位司機，真可憐，手包起來，眼睛也腫，臉上都是血，牙齒掉了三顆，嘴巴歪了，咿咿呀呀，整個人腫得跟豬頭一樣。

「你跟那個乘客什麼關係？為什麼要幫他追車？」警察質問我。

「警察大哥，我能有什麼關係！他一手是錢一手是槍，換做是你，你會選擇什麼？」我很老實地回答，半點都沒有欺騙。

做完筆錄警察要放我回去，搞了半天，那位計程車司機真的不認識持槍男人，持槍男人純粹是不爽司機沒載他所以要報仇。

我很同情那位司機，不過我也告誡我自己，媽的，將來就算是閻王爺招車，我都不能拒載，瘋子瘋子滿街跑，賭贏了有錢，賭輸了可就沒命了啊！

一路好走

說故事的人是一位臨終關懷的心理輔導員。她陪伴過無數個生命最後的歲月，細數人們最後一口呼吸。她感慨地說：一路好走，其實沒那麼好走啊！

在醫學的領域中，醫生努力的是幫助人們「好好活」，但是在我的工作中，我努力的是幫助人們「好好死」。

人啊，總有一天都要面對生命倒數計時的時候，不論「好死」或「賴活」，都需要一點智慧，一點勇氣。

有位母親，職業是小學老師，古道熱腸，聽說每一位學生都很喜歡她，她的話很多，一開口就是絮絮叨叨地叮嚀：作業寫了沒、營養午餐要吃完、天冷了要帶外套、放學要趕快回家。她笑稱自己是周大媽，嘮嘮叨叨的大媽性格，就怕關懷不夠周到，而其實她才三十八歲，還有姣好的面容與體態。

她與先生育有一女，家庭溫馨，堪稱好老師、好媽媽、好太太，但女兒圓圓十二歲那年，周大媽被診斷出癌症末期，從明媚春天走到涼爽秋天，所有治療已經無效。

一個颳著秋颱的午後，周大媽被送進安寧病房。狂風侵襲院裡的樹木，也將她的隻字片語同時席捲而逝，她不再開口說話，周大媽的語言功能消失得無影無蹤，沒人知道要去哪裡找回些許聲響。

先生來到病房，她沉默。

圓圓來到病房，她還是雙唇緊閉。

圓圓驚慌地哭著問我：「媽媽一直是個好媽媽。媽媽為什麼忽然不理我了？」

我拼湊她的生命史，隱隱找到一些蛛絲馬跡。

在周大媽十二歲那年，她的母親死於癌症，逼著天真的她措手不及開始體悟人生無常。從十二歲那年起，她過著沒有媽媽呵護的日子，無論再多淚水與思念，媽媽都不會回來了。長大後，有一天，她自己當了媽媽，她絕對不要女兒圓圓承受她受過的悲傷。她竭盡所能呵護圓圓，給她滿滿的愛，她更照顧自己的健康，要陪圓圓長大。

但是，悲劇依然重演。

周大媽從來沒想過，在女兒十二歲這年，她也將離去。她知道在活著的時候怎麼好好愛女兒，卻沒想過要怎麼好好離開。

她不再開口，她在預習死亡。

預習有一天，她將無法跟圓圓說話。

預習有一天，圓圓將再也聽不到媽媽的叨叨叮嚀。

預習有一天，她們在彼此的生命裡缺席。

當最後一口氣嚥下，她將永遠沉默，而在那一天來臨之時，她要確保圓圓與她都不會措手不及，因此她預習了死亡。

我不確定我的推測對不對，不過我知道心中有掛念的人，無法好好走。

我跟圓圓說，妳要給媽媽寫信，告訴媽媽妳很感謝她把妳養大，陪妳寫作業，帶妳出去玩，生日給妳買蛋糕，耶誕節為妳準備禮物⋯⋯。把妳想說的話都告訴媽媽，媽媽雖然不開口，但是她會看、會讀，她會知道妳愛她。

圓圓很聽話，果真開始寫信。

那天，我把信交給周大媽，「圓圓寫的。」我說。

周大媽削瘦的臉上，兩顆眼珠炯炯發光，她手發著抖將信打開，愛戀地撫摸著信，緩緩讀著，依然不發一語。

讀完以後，她躺下，閉上眼睛，把信輕輕覆蓋在胸口。

閃閃發光的淚水，從眼角處緩緩流下，熱滾滾地不可停止。

此後，第二封、第三封、第四封、第五封⋯⋯圓圓每天給媽媽寫一封信。

那信上夾雜著歪歪扭扭的符號，有童稚的塗鴉筆觸，偶爾貼上貼紙，螢光的，或是3D的。

到第十六封信的時候，圓圓寫著：「我長大了，可以照顧自己，可以保護妳。」

就在那一晚，周大媽安詳地離開了。

有時候，病人不見得是奄奄一息，也不見得到了生命的末期就會如此靜默無聲，江阿嬤就是驚天動地的那一種。

八十歲的江阿嬤，盛氣凌人，她才到安寧病房就大吵大鬧，說什麼都不肯進房，嶙峋乾癟的手，十分有力，硬巴著房門不肯動，怒吼聲擾得整間病房都不安寧。

「阮沒破病，誰說阮要死了？」

「么壽喔！殺人啊！想把阮丟在這個鬼所在！」

「阮歹命啦！把兒子養這麼大最後來對付我！不孝啊！」

「死老頭，嫌我破病，不能洗衣燒菜，就肖想丟掉阮，阮是垃圾，伊是噴！憑什麼阮做牛做馬一輩子，現在阮在醫院受苦，伊在家裡抱孫？」她哭著、罵著、怨著、吼著，完全不像生命走到末途之人，可是醫生評估差不多就這一個月的時間了。

江阿嬤的兒子已經六十多歲，是溫文儒雅的出版社總編輯呢！對於母親狂妄放肆的舉動，他整個嚇傻。

他心有餘悸地說：「我都不認識我媽了，我媽以前不是這樣的，她一直住在苗栗，很純樸，很善良，怎麼會變成這樣？」

江阿嬤心中的怨氣，大概只有她自己最知道。

在經歷半個月發狂摔東西、拉扯點滴、跳窗戶、灑尿盆等等抵死不從的暴烈抗爭後，年邁的兒子只有把江阿嬤帶回苗栗。

江阿嬤撐著一口氣回到老家，誰也沒想到，她見到老伴不是互吐相思，而是拿起掃把就開始打！

打你的頭，因為你老愛出頭，從來不顧阮的感受！

打你的臉，因為你為了面子，把阮尊嚴踐踏在地！

阮打你、搥你、揍你、扁你，因為，因為，因為啊！在阮十八歲嫁給你那年，你母親在客廳大堂公然羞辱阮，說阮是沒爸爸的私生女，不要臉，貪圖你們的地大才急著嫁你，你母親摑了阮好大一巴掌，好痛、好痛、好傷心，當時你就在現場！你靜靜站在一邊，你一句話都沒有說！阮是你的某，你怎麼可以眼睜睜看阮被你阿母打？

婆婆這一巴掌的怨氣，竟然在江阿嬤心中深深埋藏了六十多年！

江阿嬤把江阿公打得鼻青臉腫，當下，又被一行人帶回醫院。

這一次，江阿嬤沒有再鬧出院，撐了這麼久，總算，她舒坦地，呼了一口氣，無怨無仇地離開了。

這一路，好走嗎？

維多莉亞的初戀

她還沒出生的時候，名字已經被取好了，「維多莉亞」，勝利的意思。

「來來，維多莉亞，媽咪的寶貝！」這是她從小聽到大的問候語，身為家中唯一的孩子，維多莉亞注定這輩子無往不利。

家境優渥的她，從小如同公主一般長大，有司機、有保母，念的是貴族學校。她學油畫，學鋼琴，學跳舞，所有女子該有的豐美涵養，父母親悉心栽培，一點也不敢馬虎。

長大以後維多莉亞出落大方，氣質出眾，吸引許多投石問路的男人，她享受男人的追求，但她沒談過戀愛。追根究柢，維多莉亞打從心底嫌棄這些男人，她目光卓然，世間男子沒一位能攀上她眼底，她內心如此渴望愛情，然而她並沒有遇見配得上自己的男人，她的青春年華在孤芳自賞中流逝，但她一點也不想降低身價。

父母辭世後，留下大筆遺產給她，維多莉亞不用拋頭露臉去社會打滾，照樣穿金戴銀，日子過得悠閒無慮，她想要的，金錢統統可以滿足，偏偏她渴望的愛情，是用一卡車的柏金包都換不到。人生的各個面向，她都是贏家，唯獨愛情，她輸了！只要一場戀愛就好！一場戀愛就可以幫她贏回她的人生。

就在這時候，溫先生出現了。

溫先生在美術館的莫內展覽，一眼就見到了維多莉亞，維多莉亞身穿淡紫色長裙，頭上戴著淺灰色貝蕾帽，像極了莫內畫中柔美的睡蓮。才剛從一段婚姻中解放的溫先生，被她深深吸引。

溫先生頂著國外留學回來的雙博士學位，事業有成、氣宇非凡，很有英國紳士的翩翩風采。維多莉亞暖暖一笑，這才是配得起她的男人。溫先生帶她看電影、上館子、數星星，維多莉亞神魂顛倒，目眩神迷，等了這麼久，總算等到了！

雖然怦然不已，但維多莉亞心中有個小小疙瘩，溫先生人品財力涵養都不差，可惜有過一段婚姻，但是維多莉亞可是清清白白的呢！再怎麼算她都略勝一籌。她放不下身段，始終端著架子，約會一年多了，溫先生只牽到她的手。

維多莉亞吊著溫先生的胃口，她覺得自己是勝利女王，要賞多少甜頭，可得看自己高興，愈不給，溫先生愈熱絡，這種被捧在手掌心的感覺，讓她說不出地快活！

耶誕佳節近了，溫先生始終沒打電話來邀約，維多莉亞感到納悶，二十四號耶誕夜當天，維多莉亞等了他一天都沒消息，維多莉亞按捺不住，拎了蛋糕直接往溫先生家去。

眼前，溫先生家門上掛著耶誕飾品，窗簷垂著銀光小燈，很是漂亮。

叮咚一聲按了門鈴，維多莉亞興奮地在門口等待。沒想到，來應門的竟是一位陌生女人。維多莉亞感到錯愕。

女人矮矮的，微胖身軀，小捲頭髮，一身沒品味的穿著。這是誰啊？

維多莉亞滿腹狐疑進了屋，餐桌上已經擺好豐盛的聖誕大餐。溫先生從屋後出來，見到維多莉亞，一臉吃驚，問：「妳怎麼跑來了？」

「她是誰？」維多莉亞僵著臉問。

「方小姐。」

方小姐是溫先生的茶道班同學，有兩個孩子的離婚女人。他們，同居住在一起。

維多莉亞已經不記得，自己是怎麼離開那個氣氛溫馨，但充滿賤人的房子。

她失魂落魄倒在床上，喃喃自語我輸了我輸了，我竟然會敗給一個離過婚的醜女人！不，賤女人！

然後她嚎啕大哭了起來！

隔天，在昏暗的房間中清醒，維多莉亞下定決心，絕不會善罷干休。維多莉亞打起精神，戰鬥力高昂，直接去找方小姐興師問罪。

「妳是有孩子的媽，怎麼能做這樣敗德的事？」維多莉亞劈頭就罵。

「我離婚，他也離婚，我們都單身，有什麼不行的？」方小姐也不甘示弱。

「妳搶我的男人！妳要不要臉！」

「妳搞清楚，他跟我住在一起！是誰搶誰的男人啊？妳跟他睡嗎？妳為他洗衣燒飯嗎？」

維多莉亞一個字也無法反駁。

維多莉亞直奔溫先生公司，顧不得形象，一會兒罵他玩弄自己的感情，狼心狗肺。一會兒又哭著哀求他回來，說她愛他愛得發狂，不能沒有他。維多莉亞又哭又鬧，就是要他把話說清楚。

但溫先生是怎麼都說不清楚的，男歡女愛嘛！幹麼把場面弄這麼難看，我跟妳又沒怎樣，吃飯約會看電影，我不是也讓妳很開心嗎？

維多莉亞一把鼻涕一把眼淚，不甘心地質問著：「她離過婚，又胖又醜又老，你到底看上她哪一點？」

「妳不要這樣，她不老，好歹比妳年輕八歲！」

「比我年輕八歲！那也已經六十五了！」她狂吼出來。

是的！這個愛情故事實在沒有什麼特別的地方，除了，方小姐，今年六十五歲。

溫先生，七十五。

維多莉亞，七十三。

這是維多莉亞的初戀，蕩氣迴腸，卻又千瘡百孔。

這一役，維多莉亞無法評斷，自己到底是在愛情上打了敗仗，還是在人生裡勝了一局，至少，總算，這輩子她談過戀愛了。

第二張喜帖

十五歲那年，陳馨遇見三十歲的他。

那時青春叛逆的陳馨把短短的頭髮染成五顏六色，是學校頭疼的人物。

他是父母找來的家教。

第一次見面，陳馨冷眼打量他，他倒是泰然自若地坐在陳馨旁邊，然後轉頭看著陳馨花花綠綠的髮，認真地數了起來：「綠色、藍色、黃色、褐色、黑色……。」

「你在幹麼？」陳馨睨著他。

「數妳頭髮的顏色，咦……還少一個顏色……。」

「什麼？」

「少了紅色啊！……妳真的很像一隻八色鳥耶！」

「什麼八色鳥？」

「八色鳥的羽毛有八種顏色啊，是一種珍貴稀有的保育類動物，我家鄉很多。」

「你家鄉在哪裡？」

「雲林。雲林縣林內鄉湖本村。八色鳥的故鄉。」他認真地說。

陳馨忽然覺得這個人有點趣味。

後來，家教時間變成戀愛時間，陳馨父母絲毫不反對，想說有個「老師」鎮壓陳馨，倒也不錯。當他要找房子搬家的時候，索性讓他暫時搬來家裡住，很有準女婿的意味。

一年後，陳馨考上商職，他說他要回雲林去稟告家鄉父母，陳馨暖暖地以為，他會去告訴父母，我遇見了一隻珍貴稀有、需要我保護的小小八色鳥……。

那時陳馨不知道自己這個念頭有多傻！因為從離開那天起，陳馨每天用叩機Call他，但他沒有回應。陳馨一頭霧水，卻聯絡不上他，半年後，陳馨收到生平第一張喜帖，從雲林縣林內鄉湖本村寄來的。

陳馨激動地打開喜帖，新郎的名字她再熟悉不過，新娘卻不是陳馨。

陳馨發了瘋地狂Call他，終於他回電了。

就……一時很難說得清楚……我父母看到妳的照片，頭髮花花綠綠的，以為妳是太妹，而且妳還太小，還沒定性，而她……懷孕了……。

陳馨抓著電話，發狂地咒罵，詛咒他的人，詛咒他的妻，詛咒他未出世的孩子。什麼惡毒的話都用盡了，眼淚與髒話一起狂飆，「你住我家、用我家、吃我、睡我，我父母對你這麼好！你怎麼可以這樣對我！」

背叛與被遺棄的感覺如惡水襲捲著陳馨，讓她幾乎滅頂，原來自己並不是珍寶，而是隨時可以輕易拋棄的拙劣品。

而這一切已經過去，喜帖就在手上，撕成碎片、燒成灰，事實不會改變，新娘不是自己。

三年後，陳馨高職畢業，年少輕狂收斂不少，七彩的短髮已變成烏黑亮麗的長髮，陳馨在小公司當會計，有正當的職業，真真切切踏上人生道路，陳馨覺得自己已經不再痛了，總算擺脫他給的傷害。

偏偏就在這個時候，他無預警出現。

他垂著頭，說，我離婚了。

他說，可能就是因為我辜負了妳，所以老天懲罰我……。

他如此消沉，如此沮喪，陳馨驚駭地聽著他訴說孩子一出生就被診斷出有智能障礙，終其一生無法自立，夫妻倆為此互相推諉，爭吵不休。

不知道為什麼，陳馨已經不痛的心，竟然又開始痛了起來。

這個痛，還混雜著一絲愧疚。

她不是真心要他家破人亡，也不是真心要他產下智能障礙的孩子。

當初那通電話在盛怒下，發了太多毒咒，誰知道詛咒竟然都靈驗了，陳馨真的不是故意的。

當他再度擁抱陳馨，一切感覺又回來了。

「肯定是鬼遮眼！」不論父母如何苦勸攔阻，陳馨和他又走在一起。

這次，是六年。

陳馨覺得自己值得一個婚禮。

陳馨不只一次對他提出請求：「帶我去八色鳥的故鄉見你父母吧！你人生的第二張喜帖總該輪到我了吧？」

可是他總是推託他結過婚了，實在不想再來一次。

後來，他的工作一個換過一個，一會兒在基隆，一會兒在嘉義，全台灣都有地方讓他去。他們的聯絡開始有一搭沒一搭，然後，他無預警消失了！像從人間蒸發那樣，手機找不到人，最新的工作在哪裡陳馨也不知道，一直到半年後，陳馨在共同朋友的家裡，看到一張喜帖。

這畫面如此熟悉！

陳馨不敢置信地打開喜帖，新郎的名字她再熟悉不過，新娘依然不是陳馨。

陳馨忽然感到一陣天旋地轉，好似有個人狠狠摑了她一巴掌，出手很重，她卻看不到出手的人在哪裡？

大喜的日子，陳馨準備一個水桶，將五顏六色的顏料全倒進去，濃綠、灰藍、暗黃、深褐、茶褐、死黑。喜宴還沒開始前，陳馨拎著水桶一步步邁進，才到會場，二話不說，看見東西就潑，現場工作人員一陣驚叫。

他從新娘房衝出來，一把抓住陳馨的手。

「妳瘋啦！妳在幹什麼！」他怒吼著。

陳馨不回應，奮力甩開他的手，挖著桶裡殘餘的顏料，見什麼塗什麼，挑釁地望著他，說：「看見沒有？綠色、藍色、黃色、褐色、黑色……。」

「妳這個瘋子！」他氣急敗壞地罵著。

「還少一個顏色。」陳馨大力拋開水桶，舉起手，毫不留情朝他臉上摑了一巴掌，他沒料到有這招，一愣，整張臉紅紅脹脹，陳馨輕蔑地補上一句：「對！就是這樣！紅色！紅色最喜氣！」

陳馨在他面前，把紅豔豔的喜帖撕爛，往天空一拋，轉身頭也不回地離去。

這一年，陳馨二十七歲，自始至終她沒有去過八色鳥的故鄉。她花了十二年從一個夢醒來，才知道她不是也不要當嬌貴的八色鳥。

誰最可憐？

張媽媽覺得自己好可憐！

新婚的女兒在馬爾地夫度蜜月，老公又去香港開會，這一前一後離家，交錯下來會有三天時間家中只有她一人。

張媽媽個性中有強烈的不安全感，害怕被遺忘，家裡沒人她就覺得孤單，大概就是心理因素導致的身體不適，張媽媽暈眩症發作，直接住進醫院。這下可糟糕，家裡沒人可照應，遠在馬爾地夫的女兒只好遙控姊妹淘卡洛與世琪幫忙探望母親。

卡洛家住新竹，下班坐高鐵趕到醫院已經是晚上，張媽媽一把眼淚一把鼻涕泣訴她的辛酸：「我好可憐喔！醫生說要住院的時候，我都找不到人可以幫我辦理，家裡只有一條老狗，都沒有人理我，我好可憐喔！」

卡洛一邊安撫她，一邊餵她吃飯，等張媽媽吃飽，卡洛幫張媽媽回家拿換洗衣物。一進門，看見家中老狗一日無主人遛狗，屎尿已經滿地。卡洛只有掐著鼻子又清又掃，受不住惡臭的時候差點將晚餐一併嘔出。

回到醫院，張媽媽繼續哭訴，我好可憐喔！妳張伯伯真是的！知道女兒要去度蜜月，還選在這時候出國開會，明明可以讓別的同事去的嘛！還有啊！女兒也不對，度蜜月哪時候不能去？知道我身體不好，就應該晚點再去蜜月啊！我這樣躺在醫院，她蜜月會快樂嗎？

嘮叨完了老公小孩，張媽媽開始哀怨自己真是老囉！身體差囉！頭也昏，腳也冷，唉！就是不中用。反正也沒人在乎囉！歹命啊！

卡洛聽著張媽媽的牢騷，不由得悲從中來。

卡洛想，我今年已經三十七歲，這些年來感情總是遇人不淑，婚姻沒著落，沒有一個家，孤伶伶在這社會奮鬥，有時候我多麼脆弱！當我六十歲的時候，我可能還是一個人，一個人的老後有多淒涼啊！如果我住院了，誰會來為我送飯吃?張媽媽只有三天的孤單,我呢?我要去哪裡努力才能不孤單?

張媽媽,我跟妳非親非故,我還從新竹上來餵妳吃飯,幫妳的老狗把屎把尿,到底誰比較可憐啊?

隔日,換世琪來照顧張媽媽了。

張媽媽精神好多了,但是顧影自憐的病症並沒有減輕。她將自己的悲慘對世琪再說一次:妳不知道,醫生說我要住院,我怕死了,這還得了!我拿著手機一直發抖,不知道要打給誰啊!沒人在啊!沒人理我了!反正我老了,女兒嫁出去是別人家的,也不是隨便招呼就來的……。我家的流浪狗還有我理牠,現在都沒人理我了……。

世琪聽著,忽然眼眶一紅,斗大的淚珠滾了出來。

張媽媽嚇一跳,以為自己的處境真是惹人同情,益發覺得自己委屈,聲音虛弱地對世琪說:「不要哭啦,張媽媽看到妳,我已經覺得好多了。」

世琪抹去眼淚，不好意思地說：「張媽媽，我不是因為妳哭啦！」

「啊？那是？」

「我是想到我爸爸……。」

「妳爸爸？」

世琪啜泣著：「我爸爸前幾天喝醉酒打電話給我，這是他離家六年後，第一次打電話給我。他哭得亂七八糟，說他這輩子最對不起我，還說他留了好大一片土地要給我，我知道這都是假的，是他喝醉酒發狂的妄想……他欠了一屁股賭債，現在住在資源回收站旁邊，我忽然覺得我爸爸好可憐，他應該很懊悔他的人生，可是我們從來不讓他有悔改的機會……我只看見我媽媽的痛，從來沒看見我爸爸的傷。這六年他可能也曾經生病，孤伶伶住在醫院，但是沒有人會去探望他……我爸爸，好可憐……。」

就這樣，張媽媽哭訴兩天之後，心中舒坦，歡歡喜喜出院了。隔天，度蜜月的女兒回來了，女婿趕忙為岳母大人獻上一盒她最喜歡的巧克力。出國開會的老公也回來了，全家人帶她去吃豬腳麵線壓壓驚。

在麵線蒸騰的煙霧中，張媽媽心頭湧起一陣溫暖，自己好像沒那麼可憐嘛！有老公、有女兒、有孝順的女婿，日子其實挺幸福的。住院那幾天，煙消雲散，好像根本沒發生過。

張媽媽不知道的是，卡洛離開醫院以後，她認真思考：我是不是要為自己的幸福開條路？上次同事說要介紹一個竹科宅男，應該不要排斥，去喝杯咖啡吧？不然，該好好規劃一下自己的財務，老了去住養老院不曉得要存多少錢才夠？

而世琪離開醫院以後，她認真思考：也許該去見見爸爸了。他給我的地址其實並不遠，六年沒見，遲早要見。

雖然他沒機會當一個稱職的父親，但我還有機會做一個稱職的女兒。

唉，人生哪有這麼多不諒解？總該有人跨出那一步，讓大家都不可憐的那一步吧！

Now，就是現在！

王晨之腳步輕柔地走上臺，她攏了攏披肩的長髮，從口袋裡拿出一張紙條，她將紙條打開，上面寫著一個大大的英文單字：NOW。

王晨之揮揮手中的紙條，緩緩開口：「這張紙條貼在我的電腦前已經有兩年的時間，我要講的故事，就從這張紙條開始……。」

兩年前的夏天，我去參加一場研討會，我遲到了，匆匆忙忙坐下，看到隔壁已經坐著一個男生，我禮貌地問好：「你好，我叫王晨之……。」

「妳叫王晨之？」我才剛說完我的名字，他就瞪大眼睛望著我。

「是啊！我叫王晨之。」好怪啊！他幹麼這樣盯著我？

他十分驚喜地回答：「我也是耶！」

「你也是什麼?」

他舉起名牌,「王晨之」三個字赫然躍出,「我也叫王晨之!」

「天啊!你也叫王晨之!」我好驚訝,這是我第一次遇到跟我同名同姓的人,而且是個男生。

「我常被人家當成女生,被叫成王晨之小姐。」他哀怨地說。

「我也常被人家當成男生,被叫成王晨之先生。」我心有戚戚焉。

更有趣的是,我們兩個從小都被爸媽叨叨叮嚀著:「一日之計在於晨,千萬要把握時光!」但其實我從小就不是行動力強的那種人,總覺得人生沒什麼好急的,想做的事情,今天沒做,明天再做也一樣。

沒想到,他說他也是!

叫做「晨之」的我們,其實都愛賴床,根本沒有如同我們的名字那樣活得積極進取。

研討會結束後,我們交換MSN。

我家在中壢，不過我平常是在台北上班。
他則是住在高雄做事，我們一北一南，偶爾在線上碰到就會聊聊天，但大家工作都忙，後來漸漸少了聯絡。
有陣子，我發現他的MSN一直顯示離線，不知道是不是我們上線的時間不一樣，不然為什麼好久沒遇到他？而說實在，我沒有什麼重大的事情要聯絡，所以也沒有打電話問候他。
又隔一陣子，輾轉聽說他生病了，而且似乎病況不輕。
我感到很錯愕，跟我同名同姓的人，在另一個角落痛苦，我內心有一種莫名的罪惡感，不知道病魔會不會本來是要找我的，可是他卻替我承受了？我很久沒有他的音訊，可是我也從來沒有想要主動關心，我的疏離，更讓我覺得不安。
聽我們共同的朋友說，王晨之很低調，不希望大家知道他生病，也不太與人聯絡，我決定買張卡片，用不打擾的方式，將祝福靜靜地寄給他。
那個週末，我回到中壢的家，馬上去書局買了一張卡片，我挑了很久，選了一張晨光美景，畫面是清晨一望無際的草原，在蔚藍的天空下，一陣風吹過，草隨風動，露珠在葉面上圓潤發光，燦爛的陽光照耀大地，充滿光輝與希望。

我不太知道怎麼安慰一個生病的人，斟酌了半天，我只寫了：「請你記得，有另外一個晨之，在另一個角落，一直為你加油打氣！」

星期一一早，我睡過頭，匆匆忙忙從中壢趕回台北上班，忘了把卡片帶出來，等我想起來的時候，人已經在公司了。「下次回家一定要記得寄卡片。」我這樣叮嚀自己。

偏偏第二個週末，公司忽然要加班，我沒有回中壢，當然就沒有寄卡片。

就這樣糊里糊塗又過了一週，有天上班，我打開電腦，連上MSN，一則離線訊息彈跳出來，竟然是他留給我的。

他沒有提到他的近況，當然更沒有提到他的病痛，只有簡短的一句話，寫著：「想做什麼，就是NOW。」

我看著銀幕畫面，發呆良久，不知道他為什麼要這麼寫？他是有所感觸，還是要提醒我什麼？

我再度跟自己說，這個週末回去，一定要把卡片寄給他。

終於，又到了週末。

我加班回到中壢的家已經是深夜，雖然疲累，但我第一件事情就是去抽屜翻出卡片，我想著，今天已經太晚了，明天一大早我一定要去郵局把卡片寄了，這次絕對不能再拖延！

偏偏在這個時候，我的手機傳來一封簡訊，是我們共同的朋友傳來的，上面寫著：王晨之走了。

我手上拿著要寄給王晨之的卡片，呆望著簡訊上的字：王晨之走了。只有五個簡單的字，我卻怎麼也看不明白，怎麼會這麼快？我的卡片還沒有寄出去，怎麼就走了？今天沒做的事情，拖到明天，不行嗎？真的來不及了嗎？

過了許久，我才發現，我的眼淚，一滴一滴地滴在卡片上，收信人位置「王晨之」三個字已經被淚水暈開模糊。

「想做什麼，就是NOW。」

我忽然明白他為什麼要留這個訊息給我，如果我早一點寄，如果我不拖拖拉拉，如果我積極一點，那麼他至少可以收到我的祝福，知道我的心意，就算在生命的最後，也能擁有一絲溫暖。

從那時候起，我將NOW這個單字貼在我的電腦旁，時時刻刻提醒自己，生命不容等待。

兩年下來，這個字現在已經緊緊牢牢地貼在我的心上。

這是地球上消失了一個王晨之，帶給另一個王晨之的啟示。

我要把另一個王晨之的生命加倍活下去，想做什麼就放手去做，想愛誰就大膽去愛，想念誰就大聲說出來，一刻都不猶豫，NOW，就是現在！

羽

寧、靜、致、遠，「遠」
這個字最後一筆拉得好長，

遠遠地、遠遠地，
彷彿指向虛空的世界。

冷靜與熱情之間

聽說泰德要結婚，大家都很驚訝。因為喜帖上新娘的名字，並不是我們熟悉的那個她。如今看來，那個她，只能稱為前女友。

泰德與前女友交往六年，她大方得體，與泰德的默契十足，兩人幾乎不會吵架，很多事情泰德不用開口，只消一個眼神，她都能心領神會。

泰德如果晚上有應酬，電話中淡淡一句：「我有公事要忙。」她不會查勤，也不會鬧脾氣，連泰德上酒店，她也泰然自若。

「難道妳不會生氣嗎？」泰德問。

「幹麼要生氣？有話好好說，我個性比較冷靜。」她說。

他們兩人相處得這麼好，好到令所有人羨慕，他們既無衝突，也不爭吵，兩人都不需要在這段關係裡變成不是自己，神仙眷侶莫約如此。但後來兩人卻慢慢從戀人變成了朋友，連分手都沒有人說出口。

泰德說：「就是太冷靜了，沒有熱情，真是受不了啊！」

很快地，泰德遇上了另一個女人，也就是喜帖上的新娘。

她有著長長的秀髮，大大的眼，笑起來的樣子甜甜蜜蜜，哭起來的樣子淒淒楚楚。她的情緒起起伏伏，像是錯亂的心電圖，一會兒高昂，一會兒低迷。她愛吃醋、會生氣，一吵架甩頭就走，下大雨就給雨淋。泰德一顆心跟著七上八下。

「有話不能好好說嗎？」泰德問。

「我比較熱情啊！高興就高興，不高興就不高興，要怎麼好好說？」她說。

泰德想了想，她說得也沒錯，熱情有反應，總比冷靜沒心跳的好。
於是，就決定愛了。
從此那些吵吵鬧鬧的衝突，泰德解釋成愛的火花。
那些讓人心驚膽跳的爭執，泰德解釋成刻骨銘心。

泰德覺得跟冷靜前女友六年的熱度，都還不敵跟熱情的她六星期的相處。
泰德求婚了。婚禮辦得熱熱鬧鬧，開菜秀是服務生從兩邊入口高舉著火把入場，現場溫度直線上飆，拉丁音樂震耳欲聾，大家都深深感受到泰德在這段感情裡的熱情。

婚後，孩子出生，泰德開始創業，日子變得忙碌不堪。
泰德晚歸，她吃醋，抱怨泰德愛工作勝過愛她。
泰德應酬，她生氣，懷疑泰德在外面花天酒地。
她果真還是熱情的，情緒起起伏伏，忽高忽低，脾氣來的時候，大哭大鬧比孩子還嚴重。
有一次，兩人吵得不可開交，她忽然手裡高舉著孩子，激動嘶吼，泰德一怒之下提議離婚，沒想到她抱著孩子，爬上陽臺就要跳……。

泰德疲累不堪地說：「真是受不了啊！我們能不能冷靜點過日子？」

泰德幾度試圖離婚，始終無法如願，兩人雖然同住在一個屋簷下，但是分睡不同房間，早上懶得說早安，晚上各自關門睡去。

兩人的關係，從熱情，跨過冷靜，直接抵達冷漠。

一晃眼，如今已是結婚第六年，泰德與前女友曾經交往的歲月也是六年。

偶爾泰德會懷念起前女友，懷念她靜靜的陪伴，淡淡的微笑。問泰德後不後悔，他也說不上來，只是當他聽見前女友要結婚的消息，他的心裡悵然若失，即便他其實早就不擁有她了。

泰德的人生有過兩個女人。

一個冷靜，一個熱情。

因為無法同時擁有冷靜與熱情，所以泰德至今不知道，他喜愛的，到底是冷靜，還是熱情？

放手一搏

說這個故事的人，已經從航空業退休了，回想起這漫長的職場生涯，他最難以忘懷的，竟然是汪先生與張先生的境遇。

那一年，汪先生和張先生畢業於不同的大學，他們處在青春正盛的時代，對未來擁有高昂的雄心壯志。

汪先生，大學讀的是機械，畢業後直接選擇可以抽業績的汽車銷售員，他以為自己會坐擁高薪，但他肯定不太了解自己，不然他的高薪夢為什麼年年夢碎？汪先生根本不善於推銷，每年業績都是全組之末，收入起起落落，存摺的數字讓他連請女朋友在情人節去吃法國餐廳都要再三思量。汪先生覺得這個工作既沒財富也沒地位，他真的不甘如此。

後來，汪先生辭職，幸運考進航空公司，從副機師一路升為正機師，薪水逼近三十萬。

說實在，如果不太苛求，機師的生活穩定、社會地位高，穿著體面，又可以翱翔四海，真是一般大眾稱羨的人生。

但是，日復一日，歲歲年年，一天像是一輩子，一輩子又像是一天，日子失去新奇的可能。

人生只能這樣了嗎？要這樣一直待到退休嗎？

飛行多年後，汪先生極度厭倦這樣的日子，內心開始蠢蠢欲動，到底要去哪裡找回人生的熱情？

人們多麼討厭一成不變，卻又多麼害怕改變。

改變是好？還是壞？誰也不能保證。

在一場高爾夫球、高級紅酒鋪排而成的餐敘後，汪先生宣布，他決定放棄高薪，向未知挑戰，正式投入餐飲業，那一年，汪先生四十五歲。

汪先生拿出一筆積蓄，又向銀行貸款，大張旗鼓開起特色餐廳。這家餐廳以飛行為概念，整個設計仿造客機內部，裝潢、燈光、座椅、窗戶、天花板，甚至頭頂上的置物櫃都維妙維肖。一進餐廳店員會齊聲高喊：「歡迎登機！」

菜單設計則是依照日本線、東南亞線、義大利線等等航線來劃分異國美食。這個概念新潮有趣，餐廳開幕之初在媒體上轟動一陣子。航空公司的同事們也紛紛來嘗鮮賀喜，大家對於汪先生在這樣的年紀還敢冒險轉業，感到相當佩服，汪先生整個人顯得神采奕奕，彷彿年輕了十歲。

好景不常，兩年後，汪先生的餐廳倒了！汪先生的雙手用來開飛機的時候是全力加速，沒想到燒錢的速度也是全速前進。

大家都以為，汪先生這次肯定翻不了身，也回不了頭了！誰知道，汪先生餐廳失敗後，竟然不怕死，又繼續開，從飛行餐廳、牛排館、日本料理、披薩屋，一間關了又換一間，人生一直在變動，隨時隨地東山再起。就這樣過了十年，汪先生沒有發財，但也沒有餓死，只是餐廳愈開愈小，最後搬回到老家，老老實實開一間小麵館，一碗麵一碗麵慢慢煮起，那些賠光的積蓄，他也只能認栽。到如今，能賺一碗麵就是一碗麵吧！

當年，跟汪先生同期考進航空公司的人，就是張先生。

張先生，大學讀的是法律系，沒想到畢業後考了三年律師都榜上無名，張先生難免洩氣，那三年不上不下的日子，他不想再過了！張先生決定轉業，當一個飛來飛去的飛行員。他的父母告誡他，律師只要考試通過，執照可以用一輩子，機師卻是每半年就要接受飛航體檢和專業技能檢定，任何一關沒有通過就要停飛。但張先生一點也不擔心，只要能考上，他就有辦法穩定過下去。

進入公司後，張先生安分守己，起飛、飛行、降落，起飛、飛行、降落，一天過一天，雖然生活已經味同嚼蠟，但飛一趟是一趟，每個月薪資單下來，還是讓人走路有風。張先生一路穩當飛到五十五歲退休，口袋裡有著滿滿的退休金，吃穿不愁，只是張先生並不快樂，人生好似用歲月換得了金錢，卻失去了興奮與心跳的經歷，退休後，他忽然多出很多時間，閒得發慌，完全不知道怎麼安排。

此時，一位老同學開始介紹他玩期貨，口沫橫飛誇自己靠著期貨買了陽明山上的別墅。張先生好似找到了退休後的重心，一頭栽進期貨市場，這個市場忽高忽低，張先生每天面對高深莫測的市場，時時感到心跳一百。

可惜，張先生的雙手用來開飛機的時候是全力加速，沒想到燒錢的速度也是全速前進。張先生不善操盤，投資失利，就在一年內敗光他一生累積的積蓄。

張先生一輩子沒這樣落魄過，他簡直不知道怎麼爬起來！他一輩子穩穩當當，不過是在最後失心瘋投資一搏，老天怎麼就要他付出這樣的代價？

沒人知道人生到底要走穩當的道路比較好，還是冒險的道路比較好？放手一搏，搏到的又會是什麼？六十歲那年，汪先生和張先生都在思考這個問題。

汪先生說他不後悔，雖然沒賺到錢，至少賺到人生的回憶。張先生則說他後悔死了，人生保守工作一輩子，最後落得兩手空空，感覺這輩子都做白工了。

寂寞家訓

說這個故事的人，是一位在台東釀造有機醋的老先生，他將蒼蒼白髮紮成髻，長長的鬍子在風中飄，一身樸素，這樣恬淡的生活，他已經過了好幾年。

比起許多人，我出生就是一個幸運兒，父親在地方政界相當活躍，我的家境優渥，吃穿都是高檔的。我上頭有一位姊姊，母親隔了七年才懷上我，我是家裡唯一的男丁，備受寵愛是理所當然。我想要的，只要開口，幾乎都能要得到；要不到的，我鬧鬧脾氣，遲早也會如願。我出手闊綽，從小就有許多人喜歡跟我做朋友，是不是真心我不知道，但只要我一吆喝，永遠不愁沒人陪。

我不壞，我只是不愛念書，偶爾闖點禍，老媽一定來保我，幫我善後擦屁股，仗著父親的名號，我向來無災無難。老姊偶爾看不過去會唸我一下，不過姊姊因為大我七歲，很多事情她都不跟我計較，也很包容我。老姊被爸爸安排進入知名金融機構當法務人員，工作相當穩定，只是感情好像一直不順。

我們家的家訓聽說是曾祖父親筆題字，寫成對聯，一左一右，裱框掛在客廳最醒目的牆面上。那蒼勁有力的書法寫著：「淡泊明志」、「寧靜致遠」，那是從我出生前就存在的字句，不過我懷疑有誰曾經認真看過？

年少時，偶爾和朋友玩到半夜，躡手躡腳進家門，不敢開燈，摸黑要回房間，經過客廳，我總是悄悄地從「淡泊明志」經過「寧靜致遠」，最後回到我的房間。那八個乏人問津的大字，在稀薄的月光下顯得有些鬱悶孤單，這個年代，誰要淡泊過生活啊？有錢就有勢，有勢就有錢，這個道理我想曾祖父可能不太明白。

大學畢業以後，我不打算繼續念書，並且很快就結婚。父親安排我去大公司上班，我從小只被寵過沒被人管過，真沒辦法習慣被人管的日子，不到一年我就鬧著離職，這件事情讓我父親相當不悅，他覺得我成家了，應該要有擔當。但我覺得那只是我父親的藉口，那家公司老闆是他政界亦敵亦友的競爭對手，安排我去上班不過是個煙霧彈、一場我不理解的攻防戰，我表現不好，讓我父親覺得教子無方、面子掛不住，這才是他生氣的原因。

這時，幾個朋友找我投資新公司，父親相當反對，但我已經打好如意算盤，決定當大股東，這下誰都管不著我，只有我管人。家裡畢竟是疼我的，在老媽老姊的說服下，父親只好給了我一筆錢，讓我用家裡的錢去投資。

沒想到這間公司卻是災難的開始，我討厭被人管，原來也很不會管人，更不會管公司；公司燒錢燒了兩年，我不甘心就這樣罷手，所以又偷偷挪用了父親的錢，沒想到一年後，公司還是倒閉了。

父親得知我把公司搞垮，還賠掉他半生積蓄，相當震怒，拍桌痛斥我，衝突之下，我對他狂吼，少瞧不起我，有一天我會成功，失去的錢我都會賺回來！

我明白這世界的遊戲規則，金錢等於財富，財富就等於成功。我有這麼好的家世，父親擁有這麼多人脈，怎麼可能不成功？我立下的志向就是賺大錢！只有錢可以帶來名望與成功。

偏偏，老天不會都站在我這邊。

那年，不知走上什麼霉運，先是我輸光了大部分家產，父親又選舉失利，老姊陷入嚴重情傷，老媽被檢查出得了乳癌，整個家愁雲慘霧。

雖然父親極力阻止，但我不死心，再度投資了第二家公司，這次我掛上董事長的頭銜，出入有司機接送，排場十足，常常在不同社交場合應酬。只是關於經營我還是沒有抓到竅門，公司財務吃緊，債臺高築。沒多久，老媽先走，父親也跟著逝世，姊姊一時間受不了這樣的打擊，藉工作麻痺自己，待在公司時間愈來愈長，也不再聽聞她戀愛的消息，日子愈來愈清淡。

說來諷刺，父母相繼過世帶來的唯一好處，是大筆保險金，還有他們名下的房地產。這筆遺產，正好紓解我公司的債務。

我想我真不是一塊做生意的料，很快地，公司再度搞得我焦頭爛額，一個機緣下，竟然有人想接手，我巴不得趕快拋開這燙手山芋，我把公司賣給別人，獲得一筆錢，可以開心過活好一陣子。

有一天，姊姊邀請我去她家晚餐，我一進門，看見她面色沉重，桌上攤著一份報告，我仔細一看，跟媽媽一樣，姊姊得了乳癌！我不敢相信，姊姊卻是相當泰然，她跟我說，她已經是第四期，癌細胞轉移到骨頭了，離開是遲早的事，她沒結婚，也沒生孩子，孑然一身。

那晚姊姊伸出乾枯的手，摸摸我，說，人生啊！不過是一個人孤獨地在生與死之間擺渡，而我已經望向對岸了。

苦撐一年多，姊姊離開這個世界。

姊姊生前因為在金融機構做事，我們一家的保險她都打理得很好，她自己也保了高額保險，我是她唯一親人，也是指定受益人，於是，我再度繼承了大筆遺產，成了千萬富翁。

姊姊出殯那天，我神情恍惚，我們一家四口，現在有三個在另一個世界，他們花不完的錢，全都給了我。

如今我身邊只剩下相依為命的太太，還有兩隻小狗——那是我們多年無法得子，太太堅持要領養的小狗。平靜的日子沒過多久，太太下體出現異常出血，醫院檢測出她得了子宮頸癌。

我們夫妻兩人抱頭痛哭，我不明白老天爺為什麼要寫這樣灑狗血的故事？為什麼我陷在裡面動彈不得？

為了太太的病，我們搬離城市的大房子，在台東郊區買了一塊地，還有一間小木屋，每天我陪著她練氣功，我們自己學習種植有機蔬菜，也開始學習釀造有機醋，我們把有機醋分給附近鄰居，大家讚不絕口，我竟然因為一句鄰居的讚美而感到滿心歡喜。

此時我們沒有名車、豪宅、華服，早上在晨光綠意裡吃早餐，晚上數著星星入眠，兩隻狗兒子也相當開心在山林裡跑來奔去，日子恬淡踏實，我努力安撫太太的身體與心靈，這輩子我不曾這麼努力做過一件事，但我的心願卻極其卑微，每天我所祈求的，不過是希望她能多吸一口氣，多活一分鐘！

後面的日子實在難捱，太太從五十公斤穠纖合度的身材一路暴瘦，她走的時候不到二十公斤，整個人蜷曲變形，像個乾巴巴的小老太婆，透水似的眼珠早已無魂。走了也好，我已經無法再承受她的苦難，也無法再承受我自己的悲慟。哭不出來啊！心裡乾枯寂苦，一如荒漠。

太太離開後，我三度領到身故保險金，這下，我變成億萬富翁了。

面對銀行帳戶裡我難以理解的數字，我更難以理解我的人生，我感覺我失能了。

回到老家，進了客廳，回憶翻飛，父親曾經在這裡痛罵過我，我發誓我會賺大錢，但一路下來，我失去的比賺到的多，我的金錢，最後都是仰仗親人死亡留給我的遺產，他們一個個的生命變成我銀行裡一個個加上的零，這是上天跟我開了最惡毒的玩笑。

我曾經以為我會擁有財富，過著成功的人生。如今我真的擁有財富，多到花不完，可是所有愛我與我愛的人都不在這個世界上，這是一種成功還是一種詛咒？

客廳牆面上，家訓的八個大字還在。我從「淡泊明志」一步一步緩緩地走向「寧靜致遠」。停下來，我用手輕輕抹去上面的灰塵，這是我第一次仔細端詳我們家的家訓，寧、靜、致、遠，「遠」這個字最後一筆拉得好長，遠遠地、遠遠地，彷彿指向虛空的世界。

驀地，我感到胸口一陣難抑的脹痛，溫熱的淚水滾出眼眶，老姊的話語在耳邊響起，人生啊！不過是一個人孤獨地在生與死之間擺渡……。
我把家訓燒了，卻第一次感覺到這八個字如影隨形。
我回到偏遠的台東小木屋，決定就這樣住下來了。

用愛縫補

七彩蓬蓬頭的獅子、耳朵長長的兔子、懶懶睡覺的貓、身體圓滾滾的雪人、穿著吊袋褲的猴子，振著小翅膀的蜜蜂，好多好多可愛的娃娃，都是從襪子變化而來，是方婷的巧思，一針一線親手縫的。

這些娃娃將方婷的房子妝點得熱熱鬧鬧，仔細看，廚房的小窗臺上坐著兩隻兔子，客廳沙發椅背上趴著懶洋洋的貓咪，小猴子爬在冰箱手把，小雪人坐在書桌。

這些娃娃，都是為了寶貝女兒小蘋果做的。

一個小嘴巴，一隻小手掌，大大的眼睛，燦爛的笑容，都是小蘋果那個年紀該有的無憂與美好。

但，小蘋果不曾擁有過任何一隻娃娃。

方婷學做娃娃，是從看不到小蘋果的那天開始。

方婷出生在一個傳統保守的家庭，個性逆來順受，老天給什麼，她就受什麼。不懂問，也不會求。於是，當老天給她同一個男人兩次，她也就嫁了他兩次。

第一次嫁他，因為他是她青春時期第一個男人，然而那個「第一次」並不美好，他強行要了她，她半推半就，不確定這是不是愛情，但他事後對她溫暖呵護，方婷就這樣莫名和他走在一起。幾年後，當他求婚的時候，方婷想不出理由說不，只有順著命運結婚。她心底並沒有愛他的感覺，只是順從。

這樁婚姻充滿痛苦，兩人連架都吵不起來，不到一年就離婚收場。

方婷的母親將離婚視為女人的恥辱，當先生再度求和的時候，母親催促方婷破鏡重圓。

莫可奈何，方婷嫁給同一個男人第二次。

破鏡重圓，不一定更好。

方婷進入更大的痛苦裡，偏偏她懷孕生了小蘋果，產子之後磨難更大，無論如何盡心，總是不得夫家歡心。方婷長期壓抑，免疫系統開始失調，大病小病不斷纏身。

身心折磨到幾乎要崩潰的邊緣，方婷又一次提出離婚。

那年，小蘋果五歲。

方婷不知道，從此以後，小蘋果將離她愈來愈遠。

先生執意帶著小蘋果搬到南部親戚家，百般阻撓方婷靠近孩子。

方婷打電話去，冷冰的聲音回她：「孩子沒有媽媽。」匡啷一聲就將電話掛了。

方婷站在親戚家門口等，等了一下午，沒人肯開門。

小蘋果生日，方婷拎著蛋糕興沖沖到幼稚園，夫家交代園方，方婷不得靠近孩子，方婷將蛋糕擱著，一路落淚回台北。

離婚半年後，終於有一次機會見到小蘋果，方婷激動地想上前摟抱，但小蘋果望著她的眼神像是陌生人，用叼菸的方式拿吸管，翹著腳問她：「妳賭不賭錢？」方婷錯愕，這才知道先生借住的親戚家，是開地下賭場的。

那日之後，方婷開始無休止地做噩夢。

夢中，小蘋果叼著菸坐在賭桌上，一次又一次用嫌惡的表情問她，妳是誰啊？妳是誰啊？妳是誰啊？

每每夢境至此，方婷一身冷汗醒來，淚已潸潸。

方婷望著窗外的月光，不能明白，究竟是什麼地方出了錯，自己的、先生的、小蘋果的人生，竟然如此殘破不堪？

第一次看見襪子娃娃，是在心理諮商室。

「好可愛啊！」方婷忍不住驚呼。

「這些都是襪子做的喔！」

「襪子！」方婷太訝異了，穿在腳上的襪子怎麼可以變成娃娃？

慢慢撫玩著襪子娃娃，怎麼能想像呢？襪子是小雪人圓滾滾的頭，襪子也是小獅子胖嘟嘟的身體，經過重新組合，襪子竟然被賦予全新的生命，充滿讚美。

無法解釋的一陣悸動，方婷在當下就落淚了，我的生命也能夠重新組合嗎？也可以被讚美嗎？

就這樣，方婷開始學做娃娃。

用愛穿針，將裂開的傷口，一針一線溫柔地縫補起來。

於是，女生矽膠耳環的針可以拿來做動物的鬍鬚，地攤的球球髮束可以做獅子的鬃毛，要丟掉的破衣服變成娃娃的小裙子，生活中的小玩意兒一一重新被定義。

小獅子、小兔子、小猴子，都有小蘋果的笑容，方婷不再做噩夢。

除了動物，方婷挑戰設計新的作品。

她最想完成的，是一對新娘與新郎。

這輩子，她當了兩次新娘，披了兩次婚紗，但都不是她心甘情願的。

這一次，在她手下，將會有一位新娘，穿上自己挑選的婚紗，畫上迷人的妝容，嫁給自己打造的新郎。

那個新娘的嘴形上揚成微笑曲線，方婷用紅線仔細縫上，特別用心，格外緊實，方婷知道，她終於即將擁有一個新娘，帶著永恆的微笑。

公主病愛上王子病

我有兩位高中同學，葛雷和南茜。

都說人比人氣死人，若要怨懟老天不公平，只要把他們兩個推出來，大家會一致鼓掌通過。

高富帥與白富美。小鮮肉與小泡芙。白馬王子與白雪公主。

沒人敢搶葛雷，因為正宮是極品，贏的機率趨近於零。

也沒人敢追南茜，因為皇上地位無可撼動，魯蛇平民哪能輕舉妄動？

所以，他們分手，絕對是他們兩人自己的問題。

就那麼點芝麻綠豆大的事，配上帥男孩都會有的骨氣、美少女都會有的脾氣，再摻合著青春的傲氣，兩人都不肯退讓，分手一點也不意外。

我問了葛雷，葛雷說：「最討厭女生蹺個二五八萬！約會遲到一下會死嗎？」

也問了南茜，南茜說：「他真以為他是全天下女孩的白馬王子啊？我南茜還不缺騎白馬的人呢！」

我唯唯諾諾地勸著：「欸，妳沒聽過啊？騎白馬的不一定是王子，可能是唐僧啊！」

南茜白了我一眼，冷哼一聲，顯然不為所動。

青春最可貴的是勇敢，稍有不合，絕不委屈，轉身就掰掰！

青春最可悲的是衝動，沒想清楚，熱血沖腦，轉身也掰掰！

不知道該說他們是勇敢還是衝動，總之，他們就掰掰了。

我在一旁插著腰冷眼旁觀，思前想後，終於弄懂了，一個有王子病的王子，恰恰遇到一個有公主病的公主，這兩人若不是絕配，那肯定是冤家。

後來，兩個人各自念了大學。

葛雷蒐集女友的速度像在蒐集超商集點，大一來個五點，大二來個七點，到大四畢業那數量，應該可以把超商的鍋碗瓢盆、Kitty還是史努比，統統兌換回家。

南茜也是不容小覷的狠角色，憑藉著高䠷身材、白皙皮膚，還有一雙總是含著迷霧的無辜大眼，那些賀爾蒙旺盛的男孩，根本不是對手。他們膚淺地進貢玫瑰花與巧克力，給她公主般的尊榮，但狡猾的南茜從不正面承認誰是男友，南茜身邊的位子比她雙眼的迷霧更加撲朔迷離。

那四年，他們好像賭著一口氣，虛張聲勢地比賽誰比誰失去了誰更無所謂，誰比誰失去了誰能過得更好。

畢業後，南茜進入公關公司，當起公關，天南地北辦活動。

葛雷當兵完，申請到美國波士頓的學校，打包行李去念書了。

我還記得，那是大學畢業四年的冬天，葛雷已經在美國工作，南茜倒是厭倦了沒日沒夜的公關生活。

聖誕節前幾週，南茜問我，「欸，哪兒有便宜機票可以買？」
「去哪兒？」
「波士頓。」南茜補著妝，輕描淡寫回我。
「靠，不是吧！」
「就是。我辭職了，趁著有人在美國，有地方窩，我去過過下雪的聖誕節。」
南茜盡力掩飾，但我還是感覺到了，她內心暗暗流動的喜悅與期待。
「南茜，這麼單純？」我瞇著眼。
「如果會發生什麼，就發生囉！」她語氣裡有著歡快。
「這孤男寡女，浪漫的白色聖誕，能不發生些什麼嗎？沒道理嘛！」我早看出她葫蘆裡賣什麼藥。

他們真的發生了些什麼，但不是我想的那樣。
南茜從美國回來，一張臉鐵青。
接著，南茜火速找了一個新工作，火速接受主管的追求，火速結婚。
我看不懂，這是在演哪一齣？

婚禮上，葛雷出現，坐在我身邊。

「我以為你不會出席。」我說。

「畢業了，工作資歷也有了，不回來，還留在那兒嗎？冬天冷得要命，都成冰棍了。」他撇撇嘴，一隻手玩著桌上的婚禮小物。

「南茜她……。」

「她新娘啊。」

「不是，葛雷，」我語氣有點急了，「你不覺得她這婚結得有蹊蹺？」

「又沒人逼她。」葛雷沒好氣。

「南茜去美國找你，你真以為她去過白色聖誕節啊，我看她就是想跟你和好，你別裝傻啊。」

這下，我才知道，在那個飄雪的聖誕節，小倆口手牽手要去超市買食材回家開伙，哪知道兩人竟然為了要先買蛋糕還是先買烤雞也能在大街上吵起來。

這一吵，南茜跑走了。

南茜走在冰天雪地的陌生街頭，愈走愈委屈，頻頻回望，沒想到葛雷竟然沒有追過來。

聖誕音樂溫馨熱鬧，南茜益發孤單，她是一門心思辭掉工作，大老遠飛來想陪葛雷過聖誕節的，怎麼會淪落到自己一個人孤伶伶在街頭流浪呢？

大把大把的眼淚落下，此時，有個聲音傳來，「嗨，女孩，妳為什麼哭？」南茜一抬頭，哭矇了的眼睛看見一個金頭髮帥氣的男人，男人的笑容無比溫柔，還有些眼熟，南茜想起來他是葛雷公司同事。葛雷的死對頭。

男人認出南茜，大方邀請南茜參加他家裡的聖誕派對，南茜猶豫起來，這時候，葛雷走來了，葛雷終究是擔心南茜，所以他按捺住自己的不悅，循原路找回來。南茜看到葛雷，心裡的不滿全湧上了，女人的骨氣也回來了，南茜仰起頭、抹去淚，故意在葛雷面前答應男人的邀約，笑得燦爛無比，像是那年聖誕最清麗的雪花。

葛雷與南茜，終究沒有共度聖誕夜。
公主與王子，從十六歲纏鬥到二十六歲，公主不玩了。

婚禮上，我怎麼看，南茜似乎沒那麼愛新郎。
南茜的目光時不時瞟過來，當她看見葛雷一股腦兒喝著悶酒，南茜的眼角依稀有淚光閃耀。

沒戲唱了。結婚了。
那些日子，我陪著葛雷泡過一家一家酒吧。
每次不到爛醉，他不肯走。
可是一爛醉又走不了。
葛雷紅著眼，痛哭流涕，拍著桌子喊著，南茜、南茜……。
我無奈架起他：「兄弟，早這樣，你幹麼放她走呢？你這不是有病嘛。」
後來，葛雷決定回美國去工作，離開這個傷心地。
我被派去上海工作，跟兩人都少了聯絡。

隔兩年，聽說南茜離婚了。
又隔兩年，聽說葛雷返回台北定居。仍是單身。
又隔兩年，我竟然收到葛雷與南茜的喜帖，喜帖上的照片是一家三口，雙喜臨門啊！

我參加他們的喜宴。
葛雷一手牽著南茜，一手抱著女兒，三人幸福走在紅毯上。
我拿起酒杯，遙敬兩人。
原來要用這麼久的歲月，才能把兩人磨在一起。
公主跟王子從此過著幸福快樂的日子。
呸！
我再呸！

婚後一年，兩人故態復萌，天天吵，我三不五時就被Call去當和事佬。

婚後三年，第二胎都出生了，跟我說要離婚，請我去作證。我到了現場，南茜一把眼淚一把鼻涕，又說不離了。怪的是隔了一個月，我在臉書上看見一家四口幸福出遊，去北海道看薰衣草。

婚後四年，第三胎也出生了，偏偏還是雞蛋吵、鴨蛋吵，紅豆吵、綠豆吵，吵到最後，兩個人決定分居。

分居一直到現在，葛雷帶一個，南茜帶兩個，假日全家團圓，有空一起出國。

分開生活竟然相安無事，歡喜度日。

公主跟王子從此幸福快樂，但是不在一起。

不，他們在一起，只是不住在一起。

也許，這是對公主病與王子病的人來說，最美滿的結局吧！

片名叫做「海枯石爛」

說這個故事的人，是一位三十多歲的女人，她的職業很特別，禮儀師。不過她覺得更多時候，她比較像——一個導演。

你如果要問我的職業，我真的像是一個導演，我捕捉每個生命最後的停格，我導演的是人生最後一場戲。

從臨終前的關懷到死後的接體都是我負責的範圍。大部分時候，家屬因為悲傷，相當依賴我們，也因為氣氛肅穆，我們怎麼下指令，大家就跟著怎麼做。男主角或女主角的沐浴、化妝、更衣、入殮、停柩、出殯，都在我的指揮下運作。我把自己當成導演，把情緒歸零，可以平靜降低我心中的壓力。

一場戲，往往是一個人生的縮影。

常常我在心中暗自給每個角色故事一個片名，像是華麗的時刻、妻子的復仇、美麗人生、燦爛的遺產……其中，有一個故事，特別令我難忘。

那時我還是個菜鳥，業主是谷家。

有天前輩忽然通知我：「妳該去等了！」

「等？等什麼？」

「阿呆啊！」前輩敲了我頭，「當然是等『那個』啊！不然叫妳去等樂透開獎喔！」

於是我去等了。

等，就是陪著谷先生等彌留的谷太太嚥下最後一口氣。

谷先生是中文系教授，整個人散發濃濃的書卷氣，一身中式服裝讓他更顯得卓然優雅，我很少看見這麼好看的中年人。

谷先生、谷太太結婚多年沒有孩子，不過夫妻兩人感情極好，夫唱婦隨，一同周遊列國，沒想到太太得了癌症，一檢查出來就是末期，三個月就離開了。谷先生中年喪偶，肯定打擊很大，不過比起一些哭天搶地的家屬，谷先生的悲傷相當溫柔，滿布血絲的雙眼，眼淚安安靜靜落下，谷先生一直愛戀地撫摸著谷太太的臉，輕輕吻她，連一絲餘溫都不願放過。

我看了當然鼻酸，不過我知道所有的悲傷都會過去，谷先生讀了這麼多書，明白人世滄桑，很快就會復原吧！

入殮的時候，其他家屬因為忌諱沖煞，全都迴避在外，只有谷先生堅持他一定要在旁邊全程守候。

入殮前，依照某些民間習俗，必須準備熟雞蛋與石頭，這個意思是說，除非雞蛋孵出小雞，除非石頭爛了，否則她不會再回來，死者去投胎，生者好好活，從此人鬼殊途各不相干。

我一邊動作，一邊偷覷著谷先生。

谷先生一動也不動，臉上沒有表情，削瘦而堅毅地佇立在一旁。眼神裡有著深深的哀悽，我不敢再看他，只在心中催眠自己：我是導演我是導演，現在女主角靜靜躺在棺木裡，她要露出最後的微笑和世界告別……。

就在一切順暢時，忽然間，谷先生毫無預警猛地爆哭出來，我嚇傻了。

他一直哭著、哭著，好似這些日子的傷慟一瞬間潰堤，眼淚鼻涕交縱，文人雅士的樣子全都消失。

他雙腳塌軟哭倒在棺木旁，我趕緊上前扶他，他不可遏抑地哭著，大力深呼吸，又狂咳嗽，好似心肝肺都要咳出來了……。

完了完了，這個戲我要怎麼導下去？

他哭了好一陣子，終於緩緩平息，他拉著我的手，紅著眼睛，深深地望著我，我內心很驚恐，不知道他要跟我說什麼？

谷先生哽咽著，一口氣吸了好久，終於艱難地吐出：「……一定要把熟蛋跟石頭放進去嗎？」

我當下愣住了，這是什麼問題？難道他害怕谷太太去投胎？難道他害怕與谷太太從此分離？

我回過神來，想了想，雖然這不是禮儀師腳本中的臺詞，不過，我聽見自己小小聲地對他說：「其實……這個房間裡，只有你和我，你的家人都在外面，要放不放，我想您可以自己做決定……。」

事情就這樣落幕了。谷太太的喪禮辦得隆重典雅。

我也回到我工作崗位，「執導」下一齣戲碼。

半年後，有天前輩拍拍我，「妳還記得那個谷先生嗎？……就是中文教授那一個？」

「我記得啊，他怎麼了？」

「剛剛接到委託，他走了……。」

「怎麼會這樣！」我忍不住提高了音量。

「心肌梗塞！不過走得很平靜，有一天學生打開研究室，看見他靜靜趴在書桌上，已經沒氣了！可憐啊！聽說桌上還擺著跟他太太的合照呢！」

我不可能忘記谷先生的！因為那顆石頭還在我這裡啊！那一天，我遵照他的意願，熟雞蛋偷偷幫他丟了，但我把那顆石頭收藏到現在。

石頭還沒爛啊！谷先生竟然已經隨她去了！

我從不相信有什麼生死相許的感情，現在，我有一絲動搖了……。

這個故事，如果要我給它一個片名，除了「海枯石爛」，我還想不出更好的啊！

國家圖書館出版品預行編目資料

把全世界的溫暖都給你：劉中薇短篇故事集 / 劉中薇著.
-- 初版. -- 臺北市：聯合文學, 2016.08
256面 ；14.8×21公分. --（繽紛；203）

ISBN 978-986-323-173-8（平裝）

857.63　　　　105010400

繽紛 203

把全世界的溫暖都給你

作　　者／劉中薇
發 行 人／張寶琴

總 編 輯／李進文
責任編輯／張召儀
特約編輯／JC
封面設計／廖　韡
資深美編／戴榮芝
校　　對／劉中薇　張召儀　JC
業務部總經理／李文吉
行銷企畫／李嘉嘉
財 務 部／趙玉瑩　韋秀英
人事行政組／李懷瑩
版權管理／黃榮慶

法律顧問／理律法律事務所
陳長文律師、蔣大中律師

出 版 者／聯合文學出版社股份有限公司
地　　址／(110)臺北市基隆路一段178號10樓
電　　話／(02)27666759轉5107
傳　　真／(02)27567914
郵撥帳號／17623526 聯合文學出版社股份有限公司
登 記 證／行政院新聞局局版臺業字第6109號
網　　址／http://unitas.udngroup.com.tw
E-mail:unitas@udngroup.com.tw

印 刷 廠／沐春行銷創意有限公司
總 經 銷／聯合發行股份有限公司
地　　址／(231)新北市新店區寶橋路235巷6弄6號2樓
電　　話／(02)29178022

出版日期／2016年8月　初版
定　　價／300元

ISBN 978-986-323-173-8（平裝）